CW01639259

PICCOLA BIBLIOTECA ADELPHI
227

DELLO STESSO AUTORE:

Ascolto il tuo cuore, città
Capri
Casa « la Vita »
Il signor Dido
La casa ispirata
La nostra anima
Maupassant e "l'Altro"
Narrate, uomini, la vostra storia
Nuova enciclopedia
Palchetti romani
Sorte dell'Europa
Vita di Enrico Ibsen

Alberto Savinio

CAPITANO ULISSE

A cura di Alessandro Tinterri

ADELPHI EDIZIONI

© 1989 ADELPHI EDIZIONI S.P.A. MILANO
ISBN 88-459-0684-1

INDICE

LA VERITÀ SULL'ULTIMO VIAGGIO

GIUSTIFICAZIONE DELL'AUTORE

I cinque disegni di Giorgio De Chirico per *Capitano Ulisse* (Roma, Collezione privata), che qui riproduciamo, verosimilmente destinati all'edizione in volume del testo, apparvero su «Scenario» (febbraio 1938), accanto all'articolo di Savinio *Il teatro è fantasia* (ripubblicato in *Palchetti romani*, Adelphi, Milano, 1982). Due di essi (*La corte dei Feaci* e *Capitano Ulisse*), insieme con uno stralcio della commedia, erano già comparsi su «Colonna» (gennaio 1934), rivista milanese diretta da Savinio.

Il senso di queste pagine va inteso come un'opera di beneficenza. Questa la chiave che apre la mia «Storia di Ulisse». La filantropia è praticata in maniera bestiale. Corpetti di lana e minestre calde non risolvono il problema dell'infelicità. Tra l'*umanità che soffre*, i tipi più interessanti non busseranno mai a un patronato di dame che hanno superato la crisi della menopausa. C'è un destino della morte come c'è un destino della vita. A soccorrere lo stomaco e i geloni provvedono comitati e quel po' di soldarelli che gocciano dalle tasche troppo piene. Ma a soccorrere l'uomo che non trova riposo, a dare una mano a colui che non riesce a morire chi pensa? Questo il *bene* che ho fatto all'*uomo dalle molte vite*. Questa la ragione di «Capitano Ulisse».
Ciò che ha enormemente nociuto al buon nome di Ulisse è la qualifica di *Eroe* che l'anagrafe della Storia ha stupidamente collocato davanti al suo nome. Eroe e Ulisse, queste due antinomie non combaciano se non nei documenti *ufficiali*, nei testi interpolati da quaranta secoli d'incomprensione. A Ulisse manca il requisito essenziale dell'eroe: l'intelligenza del bue come pure il daltonismo prospettico connesso alle facoltà di questo mammifero superiore. Dèmone una volta era il nome dolcissimo degli angeli. *Potager* chiamano in Piemonte la

cucina a carbone. Tempo e variazioni di clima operano disastrosamente sulle parole. Le deformano, cancellano fino l'ombra del loro significato originale. Eroe ha per noi il significato corto e rumoroso di uno sparo di bombarda. Al tempo in cui Ulisse era tra la gioventù e l'età matura, il valore di *Eroe* non superava quelle onorificenze che toccano d'ufficio a chi ha raggiunto la debita anzianità. Gli eroi di Omero erano qualcosa tra il *Commendatore* e lo *Chevalier de la Légion d'Honneur*. Potevo lasciare a Ulisse un naso di cartone e un abito da carnevale? Ho voluto riudire la voce del mio amico abbandonato da tutti, contare i palpiti del suo cuore. Un *cuore di bronzo* dà il suono fesso, l'odioso suono delle campane. Era necessario riportare il *commendatore* Ulisse alla sua statura naturale.

Il cane fedele ama farsi fotografare ai piedi del cacciatore. Nelle piccole enciclopedie, le *celebrità* amano farsi ritrarre in compagnia della *cosa* che ha giustificato il loro ingresso nel cimitero della fama. Il violino *spiega* la figura di Paganini, che altrimenti scambieremmo per un esemplare rarissimo di uomo ragno. La Venere di Milo fa a meno delle braccia, ma il certificato di bellezza le è necessario come il bollo al passaporto. E se accanto alla Patti non trovassimo scritto dentro un tondino: *Voce d'usignolo*, Adelina ritornerebbe a quella inverosimile figura che effettivamente è: personaggio di sogno per i numeri del lotto e *morta che canta*. Passiamo alla lettera *U*. Ulisse è fotografato col palladio in mano e la barba finta. A destra, in bel ovale, il ritratto dell'*Infelicità*. Piccolo come una

miniatura, ma di una somiglianza che ti lascia a bocca aperta.
Anche Ulisse è un *grande infelice*, un *incompreso*. *Grandi infelici* e *incompresi* compongono una specie particolare, sono riconoscibili come il corvo tra le colombe. Giobbe, Camões, Werther, Jacopo Ortis. Abbiamo nominato alcuni tra i più preclari membri della tribù dei musi lunghi, dei colli torti, delle facce asimmetriche, degli occhi strabici. Nel leggendario della pittura costoro sono stati canonizzati da Theotokopulos, da Amedeo Modigliani e dal Negrismo di Picasso. Il tenebroso club di questi isolati cela una studiatissima civetteria. A parte gli iniziati, nessuno sospetta in questo circolo così chiuso il vero nido della felicità più intima, più gelosa. Guai a toccare un *grande infelice* nella sua preziosa *infelicità*. Guai a porgergli il modo di liberarsene, di reintegrare la vita di tutti. Sarebbe defraudarlo di redditi, titoli e onori. Questa consacrata *infelicità*, questo appartarsi e far gruppo a sé come in colonia i bianchi dai negri, è la forma più squisita della felicità. Ulisse ha le carte in regola, documenti in quantità, i requisiti più gloriosi per essere ammesso tra i *grandi infelici*. Eppure – guarda jattura e mala sorte di questo uomo! – nel club dei *grandi infelici* come pure in tutti gli altri consorzi, congreghe e società di questo mondo, Ulisse non entrerà nemmeno in fotografia. Davanti al suo naso sensibile e carnoso, davanti al suo naso orientato a esplorare l'umore del vento, davanti al suo naso sempre rivolto a cercare nell'aria inerte sia pure un filo di felicità *umana*, tutte le porte si chiudono con gran fracasso.

Ulisse costituisce un esemplare unico, non trova luogo in nessuna categoria riconosciuta. L'Incompreso è tale per eccesso di serietà: Ulisse per eccesso di futilità. Astretto in un primo tempo a un isolamento di cui nessuno vuole disconoscere l'orrore, l'*Incompreso per serietà* sa bene che dopo questo duro tirocinio la gente gli si affollerà dintorno come le mosche sopra un escremento caldo. *Per aspera ad astra*. Dall'intelligente medio al più fedel minchione, la serietà è l'empireo supremo, l'aspirazione di tutti. Ma scendere fino alla straordinaria futilità di Ulisse, chi ci si risolve? Solo, egli non vedrà mai smentita questa sua tremenda solitudine, questa solitudine ingloriosa e senza premi che l'ambizione recinge come una zona di miasmi e di malaria. Questa la tragica situazione del navigatore senza meta, l'inconfessabile ragione della sua infelicità.
Nessuno prima di me aveva scoperto il punto debole di Ulisse, la sua segreta vergogna. Vero è che né lui né io siamo disposti a considerarla tale. Sono il solo che possa capire Ulisse, che lo sappia pigliare per il suo verso. E se quel delicatissimo aiuto di cui tanto ha bisogno il *capitano* non gli viene da me, non gli verrà mai da nessuno. Gli uomini gli guardano l'orecchio: io solo l'ho guardato negli occhi. E quando c'incontrammo e gli accennai discretamente la porticina del palcoscenico, bisognava vedere che sguardo riconoscente mi ha rivolto Ulisse, che sguardo da cane, che sguardo da Argo! Ha capito subito che gli avevo trovato il solo mezzo che potesse risolvere il suo dramma. Ha capito che il quadro, l'aria del teatro, la sua immersio-

ne nelle alte atmosfere del palcoscenico, il suo passaggio attraverso questa macchina sterilizzatrice, questo *vacuum cleaner* superiore avrebbe finalmente operato il miracolo, sciolto i grumi che da tanti secoli ingorgavano la sua esistenza, rotto le ancore che lo tenevano attraccato alla riva maledetta. E dolce, fidente come un bambino molto bravo, Ulisse, Ulisse detto *l'eroe*, *il commendatore* e *il capitano*, si lasciò condurre per mano nella *Avventura Colorata*.

Come ognuno può vedere, questa definizione del teatro è venuta da sé e senza che mi sognassi di cercarla. E se a un tratto s'è accesa davanti a noi l'apparizione di una vita ineffabile, bellissima e fuggitiva, – fuggitiva sì, ché i polmoni dei più, le vie respiratorie del comune schianterebbero a un'atmosfera così sottile, rarefatta, ove dal palcoscenico essa calasse in platea e quindi nella vita di tutti i giorni – questo è avvenuto nella maniera più naturale. Prima di metterci alla grande prova (il direttore di scena che non intendeva il nostro linguaggio ha sempre creduto che noi parlassimo di quelle altre prove), feci visitare a Ulisse il palcoscenico e il retroscena, i laboratori che forniscono la *chimica* del teatro, l'officina di riparazioni ove gl'imperfetti personaggi della vita sono corretti e messi nello stile della *casa*, il magazzino dei pezzi di ricambio con i quali alcuni ortopedici molto provetti rimettono a nuovo l'umanità acciaccata. Quando arrivammo, Ulisse e io, il teatro da un pezzo aveva dimesso ogni attività, e come ci disse il pompiere di servizio, stava per essere trasformato in museo. Infatti, la democrazia ha

trascinato il teatro nella sua propria rovina. Questa fine c'era da aspettarsela. Prima di tutto, la democrazia ha voluto che il teatro somigliasse a lei, mostrasse una cera da itterico e una faccia sparuta. La ragione intima del teatro, l'utilità di questo apparecchio di apparenza frivola e di pessima riputazione, la necessità di questo strumento brillante, la funzione di questo prisma essa non era mai riuscita a capirla. In mano alla democrazia, il teatro condivise la sorte della *Kodak* affidata alla giraffa. Sia incomprensione sia gelosia, la democrazia tanto fece che spense i bei colori del teatro, gli mise addosso il suo colore preferito che come tutti sanno è il nero più tetro, lo vestì del suo stesso lutto.
Il teatro è un progetto di vita, il modello in piccolo di un mondo pulito e senza malattie. Trasportati sulla scena, i nodi più stretti, le matasse più intricate, i problemi più ribarbativi si risolvono con una grazia di gioco aereo, si aprono come fiori di carta al leggerissimo suono di un'orchestra invisibile e davanti agli spettatori che, neri e ammirati, assistono all'operazione. La *Storia* dice la cosa com'è, il *Teatro* come dovrebbe essere. I drammi di Shakespeare sono altrettante soluzioni. Il processo catartico comincia alla prima battuta e non si arresta se non quando il personaggio della soluzione, che eroe non è ma un alto funzionario con precise mansioni amministrative, fa portar via i morti o come dire la spazzatura del dramma, poi con nobile gesto invita i superstiti a rientrare nell'ordine, nella tranquillità. E ora mi si dica, quale altro mezzo scioglie i *nodi della vita* in

modo altrettanto spedito, asettico, indolore? Ecco come si perdono le più belle occasioni! Se questa preziosissima qualità fosse stata tenuta da conto, altro che morire! il teatro sarebbe più vegeto che mai e fungerebbe da *solutorio* nonché ai drammi della fantasia, ma dalla finanza ai conti della serva, a tutti i malanni che affliggono l'umanità. Resta inteso che la forza solutrice del teatro è data soprattutto dai colori. Quanto più vivi, orgogliosi, mordenti i colori, tanto più efficace, completa l'operazione catartica. La scena colorata opera sulla batteriologia del dramma come il blu di metilene sui microbi sotto la lente del microscopio. Lo mette in bella luce, ne semplifica l'esame, ne facilita la soluzione. Il teatro incolore non risolve il dramma: lo ingorga maggiormente. Il teatro grigio, il teatro della democrazia, questo teatro nato dall'associazione di due *non colori*, è morto per occlusione intestinale. Nella Germania cattolica, il giovedì santo, dopo la visita ai sepolcri si usa visitare al cimitero i morti della giornata. Lassù, i cadaveri del giorno sono esposti via via in una specie di piccolo bazar a vetrine, come derrate di libero scambio. La morale che si trae da questa visita è che a noi pure, presto o tardi, toccherà finire in vetrina. La mansione di cadavere edificante, il secolo dei lumi, chi sa perché? pensò bene di assegnarla al teatro. Scuola di edificazione, tempio di mortificazione. In un mondo senza Dio, il teatro aveva da essere il duplicato fedele di quanto avviene di giorno in giorno nelle case pubbliche e in quelle private. Talvolta, e per eccesso di fantasia, si attingeva nelle anticamere dei dicasteri,

negli uffici della questura, nell'animo delle cameriere e soprattutto – soprattutto! – nei letti degli scapoli. Quanto al teatro in bianco e nero, esso non risolve il problema del teatro meglio di quanto l'acquaforte risolva il problema della pittura. Il teatro di Pirandello, il solo che sia sopravvissuto alla rovina del teatro, il teatro di Pirandello che pure è così grave, così serio che non trova più alberghi da riposare e gli tocca andar ramingo come un dio senza templi, il teatro di Pirandello è un teatro *nero*.
Nell'*Avventura Colorata*, l'*uomo attore* sale a una biologia superiore. Acquista il senso totale, assume il comando supremo di se stesso. Si conosce, si sente come nessuno mai quaggiù è riuscito a conoscersi, a sentirsi. Arresta il proprio cuore a volontà. Riesce a mutare con lievissima contrazione dei muscoli il colore della pelle. Passa a scelta da uomo rosso a uomo turchino, giallo, verde e così via. Peli e unghie se li fa spuntare a vista d'occhio. Da uomo diventa donna e reciprocamente. Quanto a riunire in sé entrambi i sessi, questo per l'*uomo attore* è un gioco da ragazzi. Inutile aggiungere che in un mondo così straordinariamente *risolto*, *Necessità* e *Desiderio*, tesi tutt'e due in un'attesa piena d'ansia, questo con certa quale discrezione, quella con impazienza spudorata, sono ridotti entrambi a far la parte della fotografia del povero defunto.
È incredibile come la storia del mondo si ripete. Musicista in origine, la musica mi è venuta a fastidio. Ho sperimentato tutte le possibilità dell'ottava. Restava l'illusione di un'ottava più vasta, più sottile. Ma i quarti di tono sono fuori

della musica, fuori del mondo. Una tremenda sete mi ardeva di nuove porte aperte. Ma il quarto di tono non è una porta: è un buco onde si casca nel vuoto. La musica perde il suo sguardo di musica, si squaglia in una sonorità opaca che dà la nausea e il capogiro, in un gioco da sordomuti, in un passatempo da marziani che vivono nel gelo di un pianeta vecchissimo. Allora a te, uomo felice perché limitato, ti si rivela tutta quanta la tremenda inutilità dell'astronomia. Questa l'esperienza di Ulisse. Questa l'esperienza dell'uomo più corroso dall'esperienza. Lunga è la vita di Ulisse. Quanto basta ad assaggiare tutte le possibilità che offre l'*ottava della vita* e ad abbandonarle.

Ulisse ha fama di scaltro. Qualità di terz'ordine. In parole povere, Ulisse è un re che ha l'abilità del *pick pocket*. Nessuno lo nega. Una cassaforte di cui si è perduta la chiave, confuso il segreto, Ulisse l'apre in un *fiat*. Ha un grimaldello per dito. La fiamma ossidrica se la caccia dal naso. Fratello maggiore a *Passepartout* e a quel Nicola Valtadoro, cuoco, che ha lasciato nella mia infanzia un ricordo indelebile. Si è molto insistito sulla scaltrezza di Ulisse. A scapito di più nobili qualità. Si è insistito sulla scaltrezza di Ulisse più che sul *machiavellismo* di Niccolò. Si confonde Ulisse a Venizelos. Effetto di quella mancanza di tatto che distingue il pubblico da teatro. Personaggio rappresentativo, Ulisse ha per forza da essere un *virtuoso*. Nella scaltrezza di Ulisse, la piccionaia in un subisso d'applausi saluta il suo *trillo del diavolo*. Ma e l'intelligenza di Ulisse?... Questo è un punto nero, un'incognita, un X.

Intelligente puro, Ulisse avrebbe rinunciato a priori alle esperienze che, se lo hanno reso celebre, gli sono costate care. L'esperienza dell'intelligente puro si riduce a questo: aspettare che passi. Ma è uno stato ideale. Portata a una tale conoscenza preordinata, l'intelligenza è il *quarto di tono* dell'intelligenza, un'intelligenza siderale, l'uomo *tutto spirito*, l'alimentazione in pillole, il paralitico che sogna di volare. Finché Ulisse non avrà perduto il gusto del regime carneo, intelligenza pura sarà sinonimo d'imbecillità. L'intelligenza di Ulisse è diversa. E assai profonda da non pregiudicare quell'apparenza di tonto che, a parte tutte le mazzate che gli sono piovute sulla coccia, l'ha salvato finora dalla mazzata definitiva. Trascrivo alcune considerazioni sull'intelligenza che ho raccolto dalla viva voce di lui. Egli s'è guardato bene dal notarsele sui polsini e tanto meno dall'affiggerle ai piedi del letto. Del resto e quanto a letti, Ulisse non conosce se non i letti di passaggio. Mi ha detto: «È intelligente non dare presa all'intelligenza. È intelligente non lasciarsi sedurre dall'intelligenza. È intelligente far la parte necessaria alla stupidità che, tientelo a mente, ha un appetito da leone. È intelligente accettare a cuor leggero quel tanto di stupidità che dà un peso utilissimo alla materia grigia. È intelligente abbandonarsi senza scrupoli balordi di fermezza d'animo alla china dolcissima della debolezza, della curiosità. Io, vedi, ho sempre seguito questo programma e me ne trovo bene... Ma sarebbe ora di finirla». Queste considerazioni Ulisse me le ha fatte un giorno di bonumore. Il bonumore di Ulisse è a prova di bomba. È un bonumore radicale. I suoi malumori tanto famosi, sono men che passeggeri come il pianto dei bambini, ma un semplice velo che per *gli altri* e per mettersi in istile egli quando serve si cala sulla faccia. Questa incapacità di un malumore serio, è dessa pure una fra le tante ragioni dell'infelicità di Ulisse. Alle considerazioni che ho riportato non posso garantire che Ulisse creda cecamente. Non è ancora riuscito a determinare a quali cose bisogna credere e a quali non bisogna. Né spera riuscirci mai. E questa pure è per il tribolato Ulisse una grave ragione d'infelicità.

Che una grandissima voglia di *finirla* struggesse l'animo di Ulisse, era un bel po' che lo sospettavo. Dopo la sua personale dichiarazione, non avevo più il diritto di dubitarne né tanto meno di ritardargli il soccorso. Il lamento straziante di Ulisse ossessionava le mie notti. Lui stesso condannato a una notte infinita. Fermo davanti a un mare di pece, a una nave egualmente nera e sempre pronta a salpare: quella nave sulla quale Ulisse non voleva imbarcarsi più, perché sapeva che appena iniziato, l'*ultimo viaggio* si converte in *penultimo*. Era necessario dare un porto a questo navigatore senza porto, un termine al suo viaggio, una morte alla sua vita. La sorte di Ulisse è rimasta in sospeso. La fama un giorno lo consacrò *uomo dell'ultimo viaggio*. Sull'autorità di questo decreto, la *pratica* Ulisse fu messa in tacere. Chi muore male diventa fantasma. Passa a un dormiveglia tra la vita e la morte. Erra in mezzo ai vivi con lamento infinito. Si afferra quando può a qualcosa di caldo, di mobile. Non tanto morto da conquistarsi la libertà suprema, non tanto vivo da meritarsi la suprema schiavitù. Questa la tremenda dipendenza dei fantasmi. Ma vivo passare allo stato di fantasma, è un capolavoro di assurdità di cui, a parte Ulisse, non si ha l'esempio. Aveva creduto per molto tempo alla sincerità dell'*ultimo viaggio*. Sfinito da quel continuo girare a folle, gli fu giocoforza convincersi che l'ultimo viaggio era come i capelli di Eleonora, che quando non ce n'è più ce n'è ancora. «E quasi non bastasse» mi confidò una volta Ulisse «questo trucco dell'*ultimo viaggio* me lo vollero abbellire, inzuccherare. Me lo chiamarono il folle volo!». Fumava di rabbia «Che ingenuità! che mancanza di riguardo! Eppure, Dante lo credevo una persona seria...». Tacque un momento poi aggiunse: «Forse per questo appunto. Gli uomini *seri* sono stati i miei peggiori nemici». È vero. Un destino imbecille, una sorte cocciuta hanno invariabilmente spinto Ulisse nelle zone *serie* della vita. Gli ambienti di questo genere non gli convengono affatto. Non concepisce la serietà come non concepisce il dovere. Il senso del dovere manca del tutto a questo complesso di futilità e di noia. E sempre gli mancherà finché non avrà scoperto la giustificazione del dovere. Anche questo è merito mio. Finché non gli avrò insegnato il *solo* dovere che conti.

Fra le tante soluzioni, non avevo dimenticato la *pace cristiana*. Cristiano, Ulisse era sicuro di fare una fine decorosa e chi sa? meritarsi magari un po' di Paradiso. Questa possibilità mi fermò. Che figura farebbe Ulisse tra le

Vergini e i Padri della Chiesa? Quaggiù, Ulisse più che altro ha sofferto di noia. Perché aggiungere alla sua noia terrena una noia celeste e senza rimedio? Perché costringerlo a una musica che non gli va, a una società che lo avrebbe trattato come cane in chiesa, a una disciplina che gli avrebbe messo il formicolio alle gambe, a un *bon ton* cui nessuna nurse l'ha educato? Perché negargli la dolcissima libertà di cacciarsi le dita nel naso, grattarsi le ascelle, mettersi i piedi in bocca, fare quando gli salta l'estro il gangster e il lazzarone?

Ulisse da Circe, è il tirocinio dannunziano di un uomo di costumi semplici e buoni. Ciò che per intenderci abbiamo chiamato dannunziano, in verità ha tanti nomi quanti sono i linguaggi che l'uomo s'è creato da quando ha cominciato a spiccicare le prime parole. Benché magro di quella magrezza che si ottiene a furia di aceto e di tiroidina, il dannunzianesimo occupa quaggiù un posto troppo largo perché Ulisse, con quella mancanza di preconcetti che lo distingue, rinunciasse a toccarlo con dito. Ospite nella villa liberty di Circe la fatale, tra le braccia di questo manichino di cera, chino sulle sue mammelle profumate d'incenso, l'*eterno scolaro* ha il privilegio di assaporare fino alla saturazione e allo schifo quella deformazione così comune dei sensi, quel vizio della mente che si chiama dannunzianesimo, ma che ha preceduto di molti secoli la nascita di Gabriele. La disfunzionalità della glandola tiroide esisteva anche prima che mister Basedow le imponesse il suo proprio nome. I germi del dannunzianesimo si perdono nella notte dei tempi, e tanto per rimanere nelle categorie storiche sappiamo che la famigerata Babilonia era infetta del dannunzianesimo più virulento. Nell'alta casa di Calipso, Ulisse è ospite di Maman Colibrí, di tutte le Maman Colibrí del mondo. La Dea del Nascondiglio è barzotta e la sua carne ha il colore del yoghurt. È la poltrona Frau dell'amore, una trattoria dove si mangia alla casalinga. Con Circe la dannunziana, crateri, abissi, catrafossi, al povero Ulisse gli è toccato passarle tutte. Se Circe, occhi revulsi, bocca infiammata, narici abissali, tendendogli tra i lenzuoli di seta nera le braccia d'avorio gli gridava con la raucedine caratteristica della tubercolosi tracheale: « Prendimi o uomo del mio rimorso odiato e adorato! straziami! siamo due grandi malati! », il sospetto del più piccolo bobò mandava pazza la prudente e assennata Calipso. Costei, nell'offrirgli tra le sane lenzuola di bucato le braccia rotondette e le abbondanti tette non condite di salse infernali ma lasciate in bianco al burro e formaggio, lo invitava così: « Vieni tesorino bello, posa la testa sul seno della tua pupa che ti vuole tanto bene e stiamo buoni buoni ». Del resto, la similitudine col yoghurt non si limita al solo colore della carne. Nel carattere, nei sentimenti, nel modo pacioso di praticare l'amplesso Calipso non perde mai di vista gli effetti salutari del latte bulgaro, che a conoscenza di tutti distrugge le tossine gastriche, serba elasticità ai tessuti e prolunga la vita. Essere il cocco di questa ninfa profilattica, è la situazione più igienica del mondo. Calipso pensa a tutto. Il bene lo concepisce come un sentimento totale che non si spegne allo spegnersi dei sensi. Gli ha già regalato una stilografica e un orologio braccialetto. Lo vuole vestito bene, l'ha provveduto di biancheria e di maglieria, le calze glie le fa fare a mano da certa vecchia del paese e dando fondo alle sue economie personali gli ha aperto un libretto alla Cassa di Risparmio. Sintesi tenerissima e mostruosa dell'amante e della madre. Dosa i rapporti sessuali, evita gli abusi che perniciosi a tutti, agli uomini di pensiero (questo schiumatore di mari essa lo considera un *uomo di pensiero*!) sono addirittura micidiali. E dopo averlo imbuzzato tutta la settimana di bistecche al sangue, di uova all'ostrica, di carote al burro e di susine cotte (che come tutti sanno facilitano la popò), dopo il *fatto* del sabato sera essa lo rimpinza ancora di zabaglioni, di camomilla e di sedobròl, e dopo avergli rincalzato per benino le coperte e riordinati i guanciali sotto la testa, resta a vegliare il sonno del suo pirata barbuto, come una mamma veglia il sonno dorato del suo bambino. Quanto a sé, e a ragion veduta, Ulisse l'ha soprannominata Dea Clisopompo, che in parole povere significa *Donna Lavativo*.

Per dare un soprannome a Penelope, Ulisse ha faticato molto meno. L'ha trovato bell'e pronto. Questa più che abitudine, questa mania di chiamare uomini e cose per soprannome, fa parte di una speciale e curiosissima *metafisica della scemenza* che Ulisse condivide con altri uomini superiori, e questi, par incredibile! con gli *intérieurs* più cretini, con quelle famiglie ineffabili di cui tutti i membri, padre madre e figlioli, sono degli ebeti integrali. Suo malgrado Ulisse è vissuto tanto da conoscere nonché la Grecia degli Atridi, ma anche la Grecia di Venizelos. Per questo popolo sarcastico e navigatore, Penelope è sinonimo di *orinale*. Eufemismo eloquente. Traslato ricco di significati. La stessa parola associa la più domestica delle suppellettili alla più domestica delle donne. Sia inteso ora e per sempre che ogni qualvolta Ulisse pronuncia il nome della propria moglie, egli esprime contemporaneamente l'idea di *orinale*.

Non è chi non sappia che se Ulisse manifestò un'ansia così poco riguardosa a piantare prima Circe e poi Calipso, un'impazienza che le difficoltà della navigazione e gli umori della meteorologia contribuivano a esacerbare, è perché da Penelope, dalla moglie, egli si riprometteva certe soddisfazioni legali, che nelle due prime non aveva creduto trovare. Eppure, ciascuna a suo modo e nel limite delle proprie forze, quelle poverine non chiedevano di meglio che pagare di persona, e oltre il vitto e l'alloggio offrivano a quello spiantatone un animo devoto, una sommissione di animali domestici, una carne ubbidientissima e pronta all'appello. Non appena Ulisse viene a ritrovarsi davanti al certificato di matrimonio e al libretto di famiglia, gli sembra che nudo, debba espugnare una munitissima roccaforte. I doni generosi, le larghe spese, lo spreco perfino cui lo avevano abituato i suoi amori di passaggio, Penelope non se li sogna neppure. A rischio di scapitare nella sua dignità di moglie, costei ignora al tutto il significato di pagare, conquistare, meritarsi. Da lei, nella *sua* casa, si mangia quello che

sta nel piatto e niente più. Visto che nel contratto coniugale il tuo è mio, forte dell'eguaglianza dei diritti e dell'autorità di moglie, Penelope considera quel vecchio puzzapiedi che ha la faccia di presentarlesi davanti e accampare diritti di marito, con l'impassibilità di un toro che guarda un altro toro, di un cannone che guarda un altro cannone: con l'alterigia di una torre che guarda la pianura sotto a sé.
Ulisse è ancora sotto l'impressione del suo disastro coniugale. Sta naufragando dentro un mare di latte. Questo liquido opaco gli è sempre riuscito molesto e nauseante. È un'impressione più lunga di quante egli ha avute in passato. In quel momento medesimo, non si sa chi ma certo una di quelle anime benintenzionate che non si lasciano mai sfuggire l'occasione di far la parte dei cavoli a merenda, gli viene a dire che suo figlio Telemaco fa la seconda liceo, impara con encomiabile facilità il francese e l'inglese, mostra buone disposizioni per il piano e pratica gli sport con un ardore che testimonia della generosità del sangue. Ulisse non si volta. Non mostra di ascoltare. E quando la voce tace, egli già non ricorda più di averla udita. Quanto alla metafisica della paternità che vuole ogni padre si continui nel proprio figlio, è un'idea troppo difficile per il comprendonio di Ulisse. Che altro gli rimane? Mentre questo re girava il mondo e a tutto pensava fuorché al diritto divino e alle prerogative che ne decorrono, la regalità si è ammalata di anemia perniciosa. Ulisse lo sa. E sa pure che col manto sulle spalle e la corona in testa, egli

che già si sente fantasma, diverrebbe un fantasma tale da far ridere l'intero sìnodo dei fantasmi.
Fra tutte le creature nate alla luce del nostro pianeta, Ulisse ha più di tutte bisogno di riposo. La sua grande stanchezza di cui lui solo conosce l'esatta misura, ha ispirato agli uomini una pietà non meno inutile che fastidiosa. Una volta persino a una dea: a colei che gli si è professata tutrice, governante e balia. Che tra Ulisse e Minerva ci fosse del tenero, non era un mistero per nessuno. Malgrado la reticenza forzosa dei loro rapporti, malgrado il sussiego cui essa era astretta e dalla sua posizione di dea e dalla sua situazione di vergine cronica, il flirt tra Ulisse e Minerva era così manifesto che un giorno costei si determinò a baciarlo non si sa bene se in fronte o sulla bocca. Vero è che prima di arrischiarsi a questo atto inaudito e di cui fino allora non aveva neppur sospettato la possibilità, Minerva ebbe cura di narcotizzare Ulisse come per l'incisione di un ascesso. Posso asserire che Ulisse nutrì per assai tempo una dolce fiducia in questa simpatia autorevole e nella possibilità di trarne il miglior partito. Ulisse se la conservava come un'ultima ratio, un capitale di riserva cui dar di piglio in casi di estrema necessità. Ma sia la differenza di classe che rendeva i loro rapporti così faticosi, sia quel fare dottorale di lei, la sua aria saccente, la sua mentalità da quacquera, la sua incapacità di stare allo scherzo, a conti fatti Ulisse dové dimettere l'illusione Minerva come via via aveva dimesso le altre illusioni. E dopo la *débâcle* suprema che gli fece voltar le spalle alle sue

prerogative di marito di padre e di sovrano, quando Minerva lo invitava – anche lei! – all'*ultimo viaggio* (questo *viaggio* di cui Ulisse aveva piene le tasche, ma che Minerva nell'egoismo del suo animo di zittella famelica prospettava forse come un viaggio di nozze), Ulisse che aveva scoperto finalmente la vera avventura da tentare, alla voce di lei che lo chiamava con accenti strazianti fece orecchie da mercante.

Ulisse è arrivato alla *stretta* dell'*Avventura Colorata.* I temi della sua vita, così lenti e solitari fino qui, si mischiano a questo punto, si snelliscono e attaccano tutti assieme il grand galop finale. Ulisse via via è stato patetico e sciatto, eloquente e àlalo, magnanimo e pidocchioso, spietato e tenerissimo, severo e pagliaccione. Si è ripassato l'intero repertorio degli atteggiamenti, espressioni, *primi piani.* Ha snocciolato punto per punto il programma delle *cose che bisogna fare*, dei *sentimenti che bisogna esprimere*, e con maestria tanto maggiore che fede e coscienza, reticenza e pudore non lo ostacolavano affatto, non lo turbavano per niente. Ha sfuggito l'adulterio. È ritornato a casa. (Sembra una inezia, ma tornare a casa era per lui un fatto gravissimo, lo scopo – mancato – della sua vita). Ha comandato in guerra e in pace. Ha fatto il re. Ha fatto lo schiavo. Il padre affettuoso e il marito devoto. Ha vendicato l'onore offeso. Ha riverito la divinità. Ha coperto il suo pugno di ferro con un guanto di velluto. Le ha fatte tutte, le ha combinate tutte. Ha seguito le regole, le norme, lo stile. Eppure non è a posto. Perché? Ha vissuto la vita di tutti – meno che la sua propria. Diamo a Ulisse il necessario riposo.

Ho aiutato Ulisse a riporre le valigie in solaio. Dell'*ultimo viaggio* o non si parlerà mai più, o se ne parlerà in *altro modo*. Ai delegati ufficiali delle varie commissioni e sottocommissioni del consorzio umano, Ulisse ha risposto un «no» secco e reciso. Ha risposto «no» al cielo in nome del quale aveva ricevuto le avance di una signora carica di armi e di consigli. Un minuscolo diaframma gli si è aperto nel cervello che ha sparso una luce splendente nella sua anima oscura. Il dovere che dice *io sono*, il solo che conti e onde tutti gli altri derivano in degenere figliolanza, ha parlato in lui con voce squillante. Ulisse ha conchiuso la sua *avventura colorata*, l'ha riassunta, se l'è chiusa in pugno e ora se la guarda come uno che uscendo dalla manicure si ammira il brillio delle unghie. Scende dal palcoscenico e prima di mischiarsi agli spettatori di cui finalmente si è meritato il diploma di fraternità, prima di diventare lui stesso spettatore si toglie la barba finta. L'Ulisse posticcio, brillante e svuotato, rimane dietro la ribalta, invisibile ma presente in un mondo di errori. Invano lo chiamano dalla terra e dal cielo. Quelle voci Ulisse non ha più orecchie da sentirle. Le apparenze tentatrici, le seducenti assurdità, Ulisse se le è buttate dietro le spalle. Ora che dopo tanto ha finalmente imparato a vivere, Ulisse, quando ne avrà voglia, potrà anche morire.

CAPITANO ULISSE

PERSONAGGI

CAPITANO ULISSE
EURILOCO, *quartiermastro*
TELEMACO, *figlio di Ulisse*
EUMEO, *maggiordomo*
ALCINOO, *re dei Feaci*
PRINCIPE EREDITARIO, *figlio di Alcinoo*
MERCURIO
MARGALONE, PANDARO, SENODULO, FILALETE, *marinai*
IL PRIMO MINISTRO *alla corte di Alcinoo*
MINISTRO DELLA MARINA *alla corte di Alcinoo*
UN UFFICIALE *alla corte di Alcinoo*
LO SPETTATORE *e il* SECONDO SPETTATORE
CIRCE, CALIPSO, PENELOPE
MINERVA, *talvolta travestita da Mentore*
EURICLEA, *nutrice di Ulisse*
MADEMOISELLE PORCHER, *maestra di pianoforte*
CAMERIERA *di Calipso*
PRIMA e SECONDA ANCELLA *di Circe*
LA REGINA, *moglie di Alcinoo*

Ancelle di Circe; uomini e donne del seguito di Penelope; ministri, dignitari, gentiluomini e ufficiali della corte di Alcinoo; spettatori

ATTO PRIMO

Nell'isola di CIRCE. *Sipario chiuso*

EURILOCO (*vecchio lupo di mare: barba a gorgiera, maglione chiuso fin sotto il mento, calzoni di grosso velluto scannellato. Viene sul proscenio, va a sedere sul primo gradino della scala che unisce palcoscenico a platea. È accigliato, nero. Cava la pipa di tasca, l'accende: la pipa non tira*). Porca miseria! (*Poppa rabbiosamente*) Dio pappafico! (*Brucia parecchi fiammiferi uno dopo l'altro: la pipa s'ostina a non tirare*) Madonna piè di pollo! Anche Alessandra ci si mette... Boh!... O fumare o morire. (*Scruta dentro il fornello*) Dio bompresso e libeccioso... Cenere! cenere!... Chi dice cenere dice zero. (*Si fruga disperatamente nelle tasche*) Nulla! nemmeno il chicco di grazia che si dà ai condannati. Dio sprofondi l'isola di Circe! (*Butta via la pipa*).

SPETTATORE (*seduto in una poltrona di prima fila: sulla cinquantina e calvo; cerimonioso, burocratico, banale*). Buonasera a lei, maestro.

EURILOCO. Chi parla? (*Guarda in platea, la mano a visiera sugli occhi: riconosce lo Spettatore*) Dica un po' lei, le è capitato mai vedersi spuntare tabacco sul cranio?

SPETTATORE (*offeso*). Non le permetto!...

EURILOCO. Peccato! Più facile vederlo spuntare là, che in questo sacramentatissimo paese.

SPETTATORE. Ma... ha cercato bene?

EURILOCO. Che vuol cercare! Fame, sete, rabbia di fumare!...

SPETTATORE. Anche la fame e la sete?

EURILOCO. Provi a sfamarsi lei con gelatine, soufflé, sgonfiotti, spumoni e altre porcherie di questo genere: roba trasparente come celluloide, tremolante come le cosce dei cavalli: ti nausea prima di saziarti. Hai sete? Di vino qui non si parla: questa bella gente pasteggia con liquori, rosolii, sciroppi... possa andare in bocca al pescecane! Nemmeno l'acqua ti danno. Ma che acqua! Acqua di seltz che anziché levartela, mette più sete di prima!

SPETTATORE. Capisco bene... ma un po' di sopportazione, che diamine!

EURILOCO. Sfido io! Lei viene qui la sera, si sdraia in poltrona, è padrone di restare, andarsene, fare il suo porco comodo... Provi un po' a mettersi nei miei panni. (*Fa l'atto di cavarsi il maglione*) Non sono di bucato, l'avverto: questo maglione da tre mesi me lo porto addosso; ma se non le fa schifo...

Margalone e la Prima Ancella di Circe escono dal lato destro dell'arco scenico. Il marinaio tiene la compagna per la vita. Veste costui il comun abito marinaro, ma con assai ricercatezza. Berretto sulle ventitré, nuca rasata. L'ancella – capelli corti, serrati intorno al cranio da nastro serico – porta un tea-gown *sul tipo di quelli confezionati dalla Casa Poiret. Camminano lenti ambedue, con affettazione e svenevolezza; l'ancella soprattutto, la quale piega alla vita come gambo che cede sotto troppo onusto fiore. Mentre Euriloco si volta e vede avanzare la coppia, interrompe la frase, seccato e assieme disgustato.*

MARGALONE. Disturbiamo, maestro? Stavi conversando: continua.

EURILOCO (*lo squadra dal capo alle piante*). Non ricevo ordini da nessuno: da te, bel rondone, meno che meno.

Gli volta le spalle.

MARGALONE. Come la pigliamo dall'alto!

SPETTATORE. Non ci badi: è un po' irritato perché la pipa non tira.

EURILOCO (*scatta in piedi furibondo*). Alessandra non tira?

ANCELLA (*al marinaio, curiosa*). «Alessandra»? qu'est-ce que c'est que ça, my dear?

EURILOCO (*si approssima alla pipa, la raccoglie e contempla con occhio paterno, carezzandola lungo il tubo e sul fornello, come canarino malato*). Dillo te, dillo te come sai tirare se ti si mette anche un pizzico di tabacco nel ventricino nero!

I due giovani, dietro, ridono sommessamente.

EURILOCO. Che avete da ridere macachi? (*Si volta inviperito*).

MARGALONE (*gli muove contro*). Guarda come parli!

SPETTATORE (*sale precipitosamente sul palcoscenico a evitare una rissa*). Calma, calma, signori. (*All'ancella*) Non avrebbe per caso un po' di tabacco? lo placherebbe subito.

ANCELLA (*estrae da una borsetta a maglie d'oro un magnifico portasigarette, lo apre e, premurosa, impietosita, si avvicina al quartiermastro*). Tenez, mio povero signore, Muratti's bout doré.

EURILOCO (*considera con disprezzo sigarette, astuccio e donna*). A me... a me queste porcheriole?... (*Respinge il portasigarette*) Va'! Pussa via, smorfiosa.

ANCELLA (*indignata, batte il tacco a terra*). O shocking! (*Al marinaio*) Quanto è grossier questo vostro amico. Andiamo via! Andiamo via! (*Se ne va trascinandosi dietro il marinaio*).

EURILOCO. L'ha guardata bene quella bertuccia?

SPETTATORE. Già! un po' affettata, smancerosa...

EURILOCO. Tutte a questo modo, a cominciare dalla padrona.

SPETTATORE. Che vuole? Donne moderne.

EURILOCO. Moderne? Donne schife, dico io. Vedesse poi la villa, quei salotti! Non c'è nemmeno da sedersi: cuscini sparsi per terra, pouf che se ti ci metti su vai a gambe per aria, tende nere sulle quali scolano lacrime d'argento, luci velate che ti fissano dagli angoli come occhi di gatto, e un puzzo d'incenso dappertutto... Vuol sapere cos'è quest'isola? Glie lo dico io: è la sede dell'estetismo. Tutto vacuo, falso, artificiale. Lo stesso mare qui intorno... Ha mai veduto il mare lei, quello vero?

SPETTATORE. Come no!

EURILOCO. Allora sa com'è: l'onda che si butta sulla riva, poi torna indietro solo per scagliarsi un'altra volta. Il mare nemico della terra, avversario indomabile. Il mare che assalta la terra e vuole invaderla notte e giorno. Il mare insomma, con la sua vita propria, la sua oscura, ostinatissima volontà, le sue passioni, le sue scemenze...

SPETTATORE. E questo invece?

EURILOCO. Diversissimo! Un'altra cosa. Non più avversario, ma alleato fedelissimo della terra. Implicati entrambi nella stessa subdola complicità. Un mare senza volontà, senza individualità – si figuri, lui, l'individualista per eccellenza! Un mare emanazione della terra. La terra che muta sostanza e si prolunga.

SPETTATORE. Come mai?

EURILOCO. Mah... Io dico che anche gli elementi sono corrotti qui intorno... E la varietà? Quella costante, inesauribile varietà del mare; quel suo continuo cambiare faccia, vestito, sguardo; quei suoi umori mutabilissimi nei quali io – nato sul mare, cullato dalle maree, cresciuto sulle creste delle onde – non sono riuscito ancora, vecchio come mi vede, a capirci nulla; qui invece...

SPETTATORE. Calmo?

EURILOCO. Come si fa a dire calmo? Morto... Ma neppure. Perché si muove, non è che resti fermo... Non ha, questo no, la vivacità, la generosa pazzia del mare vero: gira.

SPETTATORE. Gira! Come sarebbe a dire?

EURILOCO. Gira intorno all'isola... Aspetti... Ma non si scoccia lei delle mie chiacchiere?

SPETTATORE. Tutt'altro! Dica, dica.

EURILOCO. In gran festa quella notte il mare.

SPETTATORE. Questo?

EURILOCO. E chi lo conosceva ancora? Fuori. Da tre giorni avevamo perduto di vista la terra. S'andava in braccio al vento. La bussola s'era impazzita: tutto il giorno a ballare come la pulce sul capezzale d'un mozzo. Di sera, l'ago s'incanta: fisso, immobile come l'occhio d'un pesce. Che burrasca di gala! Io, che pure col mare ho certa quale confidenza, quella volta mi sentivo il ghiaccio nei budelli. Ubriaco, ubriaco peggio che se avessi vuotato un barile di grappa. Si dormiva sopra un'altalena. Il mare, questo vecchio incipriato, agitava migliaia di mani che ci afferravano di qui, ci sbalzavano di là, ci scagliavano alle stelle, ci scaraventavano giù sulle liquide molle delle onde madri. Di tutto c'era su quel mare: uomini in bicicletta, locomotive, treni con tutte le vetture dietro, automobili, intere famiglie col papà, la mamma, i bambini e la serva, case di quattordici piani e capanne, foreste di querce, erba, prati... Io, finché c'era tempo, cercavo raccogliere tutta la mia vita. Ha notato lei come in certi momenti la memoria s'incanta davanti a un ricordo, stupido magari e di nessun conto, ma che s'ostina a non voler cacciar fuori la testa? D'un tratto – come faccio a spiegarle? – si figuri una radura tutta liscia, rapata, in mezzo a un bosco; meglio ancora: una chierica sulla testa d'un prete con tutti ricci intorno. La nostra nave è presa, attirata, succhiata da quella chierica. L'acqua, là dentro, era più che calma: grassa, oleosa, impomatata... Peggio: marcia, putrefatta; qualcosa come la pelle fracida di un cane annegato. Intorno, l'altro mare, quello tempestoso, rizzava le onde come montagne in fila. Lo vedemmo fuggire. Cioè: eravamo noi che si scappava; e che velocità! Una enorme calamita attirava la nave verso il centro di quelle acque cadaveriche. Cominciammo a girare, a girare, a girare in cerchi sempre più stretti. All'ultimo, la chiglia, raspò la sabbia.

SPETTATORE. Era l'isola?

EURILOCO. Non si vedeva un accidente. Venne l'alba. M'era rimasto nelle orecchie il rombo della tempesta. Venne l'alba. Una luce da laboratorio fotografico si sparse nel cielo. Pensai: tra poco sorgerà il sole e ci vedremo chiaro. Non sapevo ancora che sbarcando in questa specie di morgue, bisognava rinunciare a parecchie belle abitudini.

SPETTATORE. Perché mai? Non si levò il sole?

EURILOCO. Si levò; ma che sole! più malandato di una luna! La luce pioveva giù come latte annacquato. Qui non sai bene se vivi all'aria aperta oppure sotto terra. Il cielo stesso è chiuso, opaco, dominato dall'altro cielo che sovrasta, invisibile. Basta! Il rombo della tempesta m'imbottiva il cervello. Cominciavo a preoccuparmi. Ne parlo ai compagni. Ci guardiamo in silenzio: negli occhi di ognuno si leggeva lo stesso stupore. In fine, il capitano scoprì la verità: non era il rombo della tempesta, ma un altro rombo: quel rombo vasto, steso, opaco che avvolge continuamente l'isola di Circe.

SPETTATORE. Un rombo?

EURILOCO. Vuol sentire? (*Si leva, va al sipario e lo apre un poco: il rombo si spande immediatamente nella sala, simile al frastuono di un gigantesco motore*).

SPETTATORE (*si tappa le orecchie*). Chiuda! In nome del Cielo, chiuda!

EURILOCO (*chiude il sipario*). È ossessionante. Al fragore del mare, di una cascata, del treno magari ci si abitua: in questo maledetto rombo c'è qualcosa di irritante, di dispettoso, di isterico che non ti fa mai dimenticarlo.

SPETTATORE. Ma per parlare, intendervi?

EURILOCO. Bisogna spolmonarsi come in mezzo alla bufera. Dicevo: Ulisse rimase a guardia della nave, io assieme con due marinai partimmo in esplorazione.

SPETTATORE. Scopriste subito che era un'isola?

EURILOCO. E chi ci aveva testa da pensarci! Sapesse lei che impressione fa, la prima volta soprattutto, questa natura smorta, questi alberi sterilizzati, quest'aria carica e gommosa come sudore... Si camminava da un pezzo. La terra aveva un che tra l'osso rammollito e la pelle incallita. Troviamo un ruscello. Mi butto a bere. Ha mai tentato lei di schiacciare una pallina di mercurio col dito? La stessa impressione dava quell'acqua. A un tratto, vediamo biancheggiare dietro gli alberi le torrette di una villa. Alt! grido. Nel momento stesso, sbucano dai cespugli del parco, arcuate e lunghe, due tigri.

Pàndaro e un'ancella di Circe escono dal lato sinistro dell'arco scenico, traversano lentamente il proscenio, spariscono dall'altra parte.

SPETTATORE. E le tigri?

EURILOCO. Mi si avvicinano con la coda che trascinava a terra, mi fiutano ben bene, e se ne vanno.

SPETTATORE. Bestie addomesticate, certo.

EURILOCO. Altro che addomesticate! Lo capii più tardi perché mi si erano mostrate così benigne: non erano tigri. Indovini un po': ombre di tigri.

SPETTATORE. Ombre?

EURILOCO. Fantasmi, come ho da dire?

SPETTATORE. Strano!

EURILOCO. E mica le tigri soltanto, ma cani, giraffe, galline: fa per toccarli...

SPETTATORE. Vaniscono?

EURILOCO. Nebbia, fumo, nulla... Ssss, silenzio!

Filalète e la seconda ancella di Circe vengono sul proscenio.

FILALÈTE. La vostra voce, madonna, odora di giglio.

ANCELLA. O darling, voi dite parole che fanno rêver.

FILALÈTE. Così dolce è sognare nel vostro firmamento!

ANCELLA. O dear, tacete, tacete. L'anima mi s'imbianca di armoniose florescenze.

FILALÈTE. Sapete la cosa, madonna, che più s'impiuma al vostro aliare?

ANCELLA. Oh ditela, cher, ditela. Ho tanta angoisse di sentirla.

Escono dall'altra parte.

EURILOCO (*sputa violentemente*). Pfuh! (*Allo Spettatore*) Scusi, sa! ma a sentire certi discorsi mi sale in gola uno scaracchio così prepotente, che se non lo caccio fuori, mi strozza.

SPETTATORE. Dica un po' maestro: anche le donne qui sono fantasmi?

EURILOCO. Se non fantasmi addirittura, poco ci manca.

SPETTATORE. Curioso, molto curioso. Ma Ulisse che pensa? Il desiderio di andarsene, tornare in patria, tormenterà pure lui, come tormenta lei, gli altri suoi compagni?

EURILOCO. Quanto a quei fringuellini, non li ha visti? Dentro quelle testine lustre e profumate, non c'è più cervello che nella cassa cranica di un lucarino. Quali aspirazioni, quali nostalgie vuole che abbia gente di quella specie? Andarsene? Non ci pensano neppure. Hanno trovato il paradiso, quegli scansafatiche. Pensi un po': ozio, scemenze, poltrire tutto il giorno tra le piume e le sete, donne viziose – a quanto mi si dice – esperte come chirurghi e sterili, per soprammercato!

SPETTATORE. Ma Ulisse? Non mi vorrà dire che anche Ulisse si è adattato a questa vita artificiosa.

EURILOCO. Anch'io credevo... Ma poi, passano tre mesi, passano sei, un anno; perché un anno intero è, dio parocchetto, che siamo inchiodati su questa terra della malora; vedere che lui non si muove, che non parla di andarsene, che spreca le giornate in compagnia di quella...

SPETTATORE. Macché? Se la dicono?

EURILOCO. Altro che dirsela! Appiccicati giorno e notte.

SPETTATORE. Il capitano ridotto in quello stato!

EURILOCO. Ulisse non è più Ulisse. Ulisse è un desiderio, una nostalgia vagante. Lei, faccia conto, piglia un desiderio, lo veste da capitano di marina e lo mette in un angolo: si muove più? vuole? intraprende qualcosa?... No: desidera, sogna, anela. Ora lei sa bene che il desiderio si rinutre da sé, si feconda da sé come certi molluschi. Quando il desiderio si radica così forte in un uomo, costui non pensa più a convertirlo in realtà. Anzi! Teme, attuandolo, di guastarlo, di vederlo sfumare. Le dirò: a costringere Ulisse a tornare nella sua patria, gli si renderebbe un pessimo servizio.

SPETTATORE. Sicché non c'è più speranza?

EURILOCO. Speranza? Questa parola le consiglio di non farmela più vedere nemmeno in fotografia.

VOCE DI ULISSE. Euriloco!

EURILOCO (*balza in piedi, stupito*). Il capitano?!

Ulisse appare nel fondo della platea. È vestito da capitano di marina: calzoni di tela bianca, scarpe nere, opache e puntute come ferri da stiro, giacca blu scura a doppio petto, solino a risvolti, cravatta nera, berretto piatto con piccola àncora nel mezzo. Tre filetti d'oro intorno al berretto, tre galloni pure d'oro al limitare delle maniche. Sulla quarantina, bruno, barba nera, tonda, corta ma folta. Viso pallido, occhi celesti: il destro vivace e spalancato, l'altro sognatore e socchiuso. Ulisse richiama a qualche personaggio di Jules Verne, trasportato dall'Ottocento all'epoca nostra. Con passo spedito, senza voltarsi né a destra né a sinistra, come chi va diritto alla meta, Ulisse traversa la platea e si ferma davanti alla gradinata che sale al palcoscenico. Con la sinistra ripiegata sul petto, regge una bussola chiusa nella teca di lucido metallo. Nella destra tiene un sestante, un compasso e altri delicati strumenti di navigazione.

ULISSE (*a Euriloco*). La nave è pronta?

EURILOCO. La nave?

ULISSE. «La nave?». Da quale sogno esci? Dormivi sull'albero e ti sei svegliato nel cadere a terra? Domando: è pronta la nave?

EURILOCO. Tu piuttosto – non avertene a male, capitano – tu mi sembri sciogliert dal sogno, e quale sogno! Dopo un anno, è la prima volta che riconosco in te il capitano Ulisse. Quale novità?

ULISSE (*impaziente*). La nave, perdio, la nave!

EURILOCO. La nave è là che aspetta. Non per vantarmi, ma se non ero io, la tua nave a quest'ora era ridotta a pontone da farci su il bucato, e sulle verghe delle antenne sventolavano le mutandine di madama Circe.

ULISSE. Pace, maestro. A premiare i tuoi meriti provvederemo in momento più opportuno. Siamo pronti?

EURILOCO. Pronti a che?

ULISSE. Parlo arabo io? I miei ordini...

EURILOCO. Ordini?

ULISSE. È venuto qui a nome mio...

EURILOCO. A nome tuo? Chi?

ULISSE (*perde la pazienza*). Tutti morti! (*Sale sul palcoscenico*) Dov'è quella lumaca? (*Guarda verso il fondo della platea onde, nell'istante stesso, si vede arrivare Margalone, il calafato*).

ULISSE (*al calafato*). Non ti affrettare! Piano! Piano!

MARGALONE (*sale di corsa sul palcoscenico*). Perdoni, signor capitano: mi sono dovuto fermare un momento a salutare la...

ULISSE. Bravo! Quando il tuo capitano ti dà un ordine urgente...

MARGALONE. Scusi, signor capitano... (*a Euriloco*) Il signor capitano mi ha detto di...

ULISSE. Basta! ora ci sono io.

MARGALONE. Signorsì!

ULISSE. Va', imbarcati.

Il calafato fa per traversare il sipario.

ULISSE (*lo richiama*). E gli altri?

MARGALONE. Tutti a bordo, signor capitano.

ULISSE. Sbrigarsi! Sbrigarsi!

Il calafato sparisce dietro il sipario.

ULISSE (*accenna il sipario a Euriloco*). Apri.

EURILOCO (*si avvicina tentennando al sipario*). Scusa, capitano: che si va a fare una gitarella in mare?

ULISSE. Un po' lunga: fino a Itaca.

EURILOCO. No!

ULISSE. Ora ho da cominciare con te, vecchio brontolone?

EURILOCO. Si parte?

ULISSE. Su, apri.

EURILOCO. Ma... e come faremo?

ULISSE (*improvvisamente preoccupato, si avvicina al quartiermastro*). C'è qualche impedimento?

EURILOCO. Di che genere?

ULISSE. Carbone, che so? le macchine?

EURILOCO. A bordo? nulla. Di carbone quel tanto che era rimasto nella stiva. Ma non importa: ci si aiuterà col vento. Le macchine sono a posto. Le vele le ho rattoppate con le mie stesse mani; ho aggiustato il timone che, ricordi? s'incagliava. Quanto a quella puleggia...

ULISSE. Quale?

EURILOCO. Del trinchetto. Il carpentiere, invece di ripararla, pensava all'amore.

ULISSE. Grave?

EURILOCO. No, roba da poco.

ULISSE. Altro?

EURILOCO. Nulla.

ULISSE. Andiamo. Prima che annotti, dobbiamo navigare il mare libero. (*S'avvia verso il sipario*).

EURILOCO (*titubando ancora*). Dicevo...

ULISSE (*si volta*). Che cosa?

EURILOCO. Riusciremo a tagliare il cerchio?

Ulisse, immobile, perplesso, fissa il quartiermastro in silenzio. Piomba dall'alto la

VOCE DI MINERVA. Ulisse, ricorda ciò che ti ho detto nel sonno!

ULISSE (*sotto la voce della dea che lui solo ha udito, si raccoglie pensoso. Poi, in istato di visibile rapimento*). Ascoltami, Euriloco: i timori che tu manifesti, queste tue preoccupazioni, erano i chiodi che hanno tenuta ferma la mia impazienza per un anno intero. Tacevo. Tu, gli altri, credevate che io avessi dimenticato ciò che non solo era desiderio stringente di tutti noi, ma mio dovere preciso e inderogabile. A che confidarti i miei tormenti? Ricordati ciò che tu stesso hai sofferto: avrai l'immagine fedele del mio dolore.

EURILOCO. Non mi avevi mai parlato a questo modo, capitano.

ULISSE. Che avrebbe giovato? Temevo fino d'incrociare il mio sguardo col tuo, con quello dei compagni.

EURILOCO. Quanto ai compagni...

ULISSE. Non essere ingiusto, Euriloco, con quei ragazzi. Noi eravamo prigionieri di una forza infinitamente superiore alle umane. Potevo io, capitano, esporre la vostra vita ai pericoli che circondano quest'isola? Ti confido un segreto che io solo conosco: affrontando questo mare circolare, si andava incontro a morte sicura.

EURILOCO. Che mi dici?

ULISSE. Aspetta. Talvolta io lessi nei tuoi occhi più che un rimprovero: un'accusa precisa. Credi tu ancora che io abbia temporeggiato per inerzia, per dimenticanza, per vigliaccheria?

EURILOCO. Leggi troppo addentro nei cuori: non tento neppure nasconderti che ho dubitato di te. Ti chiedo perdono, capitano!

ULISSE. E saresti ancora disposto a partire?

EURILOCO. Se è soltanto per andare in bocca ai pesci...

ULISSE. No. Ora una mano più alta, una volontà più possente di quella che ci ha dominati per un anno intero, guida il nostro destino. Non mi domandare altro. Un giorno ti potrò forse confidare ciò che ora sono costretto a celare dentro di me come il più geloso segreto. Svelartelo, mentre i nostri piedi calcano ancora questa terra corrotta da un fiato malefico, sarebbe sacrilego e imprudente. Euriloco, hai fiducia in me?

EURILOCO. Sono ai tuoi ordini, capitano!

ULISSE. Apri.

Euriloco apre il sipario con impeto ma incompletamente, e così da lasciare visibile solo un terzo della scena. Appare uno spazio stretto e lungo che mena ai piedi del molo, cui si accede per mezzo di gradini scavati nel sasso. Di là dal molo, spunta l'antenna maestra della nave di Ulisse. Non appena Euriloco ha aperto il sipario, si spande, opaco e continuo, il rombo che avvolge l'isola di Circe. Passano dentro il rombo addolorate, acute, singhiozzanti voci: i marinai di Ulisse prendono commiato dalle ancelle della maga. Piena è la scena di coppie abbracciate che si scambiano gli ultimi saluti.

MARINAI E ANCELLE. «Addio! addio!...». «Good bye, mon chéri!...». «Scrivi, sai...». «Addio, adorata!...». «Au revoir, amor mio!...». «Non mi dimenticherai, di'?...». «Promettimi, giura, darling».

ULISSE (*si ferma, sdegnato e perplesso, sulla linea del sipario*). Sono capitato in un pollaio?... Euriloco, cacciami via questo pollastrume.

EURILOCO (*spinge indietro le donne*). Via! via, streghe!... Via, corruttrici!

Le donne si allontanano, ululando.

EURILOCO (*ai marinai*). Ora a voi! Per quattro! Attenti! (*Tira fuori un taccuino e fa l'appello dell'equipaggio*) Margalone.

MARGALONE. Presente!

EURILOCO. Pàndaro.

La nave di Ulisse

PÀNDARO. Presente!
EURILOCO. Senòdulo.
SENÒDULO. Presente!
EURILOCO. Filalète.
FILALÈTE. Presente!
EURILOCO. Per fila destr!... March!

I quattro marinai salgono sul molo al passo militare, poi scendono per l'opposta scala nella nave.

ULISSE. Euriloco, prendi la bussola e riponila nel cofano. Mi raccomando: dirigi la manovra, vigila che ogni uomo sia al suo posto. La più piccola imprudenza ci potrebbe riuscire fatale.
EURILOCO. Non dubitare, capitano! (*S'avvia verso il molo*).

Nel momento in cui Ulisse si accinge a seguire il quartiermastro, echeggia la

VOCE DI CIRCE. Ulisse!

Ulisse sobbalza: resta immobile, stupefatto.

EURILOCO (*si volge, guarda. Poi si avvicina al capitano e gli domanda sottovoce*). Hai sentito?
ULISSE. Tu pure!... Speravo fosse un'illusione mia.
EURILOCO. La voce di lei.
ULISSE. Non avessi la tua testimonianza, dubiterei di averla realmente udita.
EURILOCO. Di dove ha chiamato?
ULISSE. Questo mi sorprende. La lasciai laggiù, nella villa: dormiva.
EURILOCO. È una maga: non dimenticarlo.
ULISSE. Taci! (*Stanno in ascolto entrambi*) Nulla.
EURILOCO. Ci saremo ingannati.

ULISSE. Può darsi... Andiamo.

S'incamminano. Ulisse è giunto ai piedi del molo. Euriloco comincia a scendere i gradini che dichinano al mare. In quell'istante medesimo, Circe, discinta, sciolta i capelli, ansimante, si affaccia e sporge da un palco di proscenio.

CIRCE. Ulisse!

Ulisse si volta e, immobile dallo stupore, fissa Circe.

EURILOCO (*torna indietro e, cauto, sussurra a Ulisse*). Vieni via, capitano! (*Ulisse non si muove*) Lascia che le parli io.

ULISSE (*senza voltarsi, sottovoce*). Ritirati, Euriloco.

EURILOCO. Sii prudente: questa donna potrebbe...

ULISSE. Non temere!

EURILOCO. Aspetto qui dietro... Se hai bisogno di me... (*Euriloco si ritira lentamente, scende qualche gradino dietro il molo, si ferma: solo la testa e il sommo delle spalle restano visibili*).

Ulisse e Circe continuano a guardarsi lungamente, in silenzio. In fine

ULISSE (*con voce lentissima, piana, comincia a parlare*). Mi affacciai sulla soglia della vostra camera: dormivate. Io so quale prezioso dono è il sonno a tutti noi che viviamo... (*s'interrompe come aspettando la replica di Circe: Circe tace*) Uscii in punta di piedi per non destarvi... (*s'interrompe di nuovo: Circe tace*) Venni a radunare i miei uomini.

CIRCE (*esce improvvisamente dall'incanto della fissità: scrolla la testa, guarda Ulisse con occhio mutato; gli domanda*). Te ne vai?

ULISSE. Avevamo stabilito che prima di sera...

CIRCE (*precisa, insistente*). Rispondi: te ne vai?

ULISSE. Lo sapevate. Qualunque sentimento più inaspettato mi riescirebbe meno inesplicabile della vostra sorpresa. Ho cercato forse d'ingannarvi? Ho forse tentato fuggire a vostra insaputa, di soppiatto?

CIRCE. Come ti ripari dietro le parole!

ULISSE. Assieme abbiamo stabilito il giorno, l'ora... Non ricordate? Neppure un giorno è trascorso. La determinazione di vedermi abbandonare questa isola, era altrettanto ferma in voi quanto in...

CIRCE. Fu un terribile gioco!

ULISSE. Le nostre parole non celavano segreti.

CIRCE. Ti sono stata complice, dunque, nel tradimento che mi preparavi!

ULISSE. Interpretate male le mie intenzioni.

CIRCE. Guai se le interpretassi meglio: smaschererei il cuore più arido, la più nera perfidia...

ULISSE. Non v'intendo!

CIRCE. Fingi!

ULISSE. Giuro!

CIRCE. Prima dunque fingevi!

ULISSE. Prima!... quando?

CIRCE. Quando!... Ma che uomo sei tu? Ti guardo e stento riconoscerti. Se i tuoi occhi, la tua faccia, la tua voce non avessero serbata la forma, il suono di colui che... Ah, non farmi ricordare!... giurerei che un estraneo, un ignoto, un nemico, scacciata l'anima di Ulisse, s'è collocato in questo corpo che non è più se non una apparenza... Dimmi, ti prego, sei tu Ulisse? (*Lo fissa disperatamente. Scoppiano di là dal molo le grida dell'equipaggio*).

VOCI DI MARINAI. Capitano Ulisse! Capitano Ulisse!

Ulisse, insensibile a quei richiami, resta immobile.

CIRCE. Chi chiama?... Chiamano Ulisse... e tu non rispondi! (*Il suo occhio si smarrisce*) È vero dunque!... Forse... (*nuovi pensieri, e più nebbiosi, le traversano la mente*) Dimmi: sei vivo ancora? Non mentire: nemmeno per pietà! Io ti vedo come fossi morto, ti parlo come parlerei a un morto, ti guardo come guarderei una finestra murata che ha chiuso il suo occhio al cielo... Non capisco più! La mia mente è debole, come in sogno... Credi che riuscirò a liberarmi? a sormontare questa invisibile montagna? a varcare questa distanza terribile?... Non sento più la tua voce... Ulisse, parla! parla, per carità! Dimmi una parola! una parola sola!

ULISSE. Circe...

CIRCE. Lontano... Lontano... È come un richiamo debolissimo, disperato... Sì, ho sentito: qualcuno mi ha chiamata, che non dovrò rivedere mai più... Perché? perché se ne è andato? Perché me l'hanno portato via?

ULISSE. Circe!

CIRCE. Ecco: chiama ancora... Che posso fare, io?... Una volta conoscevamo assieme un linguaggio dolcissimo, segreto, geloso, lieve come il pensiero... Chi sa se potrò riudire mai quel linguaggio?... Vorrei! appena un suono... Ditemi, capitano, avete mai sentito parlare Ulisse?

ULISSE. Questo gioco, Circe, non lo far durare più a lungo! Ti supplico, Circe! Abbi pietà!

CIRCE. Pietà... Pietà... Sì: siete buono, capitano; sento che siete buono. E allora non mi negate! Ditemi: non mi potreste dire una parola di quel segreto linguaggio di Ulisse?... Vi sarei riconoscente, vi bacerei le mani, vi darei la mia vita per una sola di quelle parole!

ULISSE. Circe, se ora mi vuoi far dubitare di me stesso come prima m'hai fatto dubitare della mia sincerità...

CIRCE (*svegliandosi*). Tu!... tu sei veramente Ulisse!... (*Una disperata tristezza si spande a poco a poco sul suo volto*) Pietoso sarebbe stato, dolce forse, dirmi che Ulisse non è più. Che m'importava l'aspetto di Ulisse, quando avessi saputo che quell'aspetto gli era stato usurpato dal mio peggiore nemico!... L'anima del vero Ulisse, dell'Ulisse mio sarebbe rimasta vicino a me, come fedele fantasma. (*Piange*) Vattene! Avrei preferito morire, piuttosto che lasciare i miei occhi piangere davanti a te!... Ma non posso! non posso!... Anche i miei occhi mi hanno tradita!

EURILOCO (*si avvicina a Ulisse*). Capitano!

ULISSE (*senza voltarsi*). Lasciami!

EURILOCO. Capitano, se fai tanto di lasciarti impietosire...

ULISSE. Lasciami!

EURILOCO. Ricordati che le lacrime delle donne...

ULISSE. Lasciami, ti dico!

Euriloco si ritira.

ULISSE (*fisso nella contemplazione di Circe piangente, viene sul proscenio*). Circe, Dio m'è testimone che ognuna delle tue lacrime mi brucia, come altrettante gocce di piombo fuso che cadessero sul mio cuore. Circe, io sono la più infelice delle creature umane. Pure, se fosse in me una particella sola di felicità, io, quella particella – che per la sua esiguità appunto mi dovrebbe essere tanto più preziosa – senza pensarci, con gioia la darei per rasciugare i tuoi occhi, per allontanare dal tuo animo qualunque ombra di tristezza.

CIRCE. Serbati la tua compassione. Del male che mi hai fatto, solo un male più grande – se pur esiste! – mi potrà guarire. Vuoi davvero farmi del bene? lascia scoppiare la tua crudeltà.

ULISSE. Ma quale male t'ho fatto?

CIRCE. Non sai?... E l'anno, l'anno intero che tu passasti qui, che passammo assieme, come lo passasti, in sogno forse? oppure eri morto e ora soltanto ti ridesti?... A me, durante il tuo sonno – nemmeno questo sai? – è nato un sentimento che, prima, mi era ignoto quanto la morte. Io, la dominatrice delle passioni, ho sentito il mio cuore, il mio spirito, la mia natura tutta piegarsi a poco a poco, come ferro rovente sotto il martello. Io, l'altera signora degli elementi, mi sono trasformata, bruciata, fusa al calore di questa fiamma sotterranea. Sono diventata donna da te e per te: anche questo ignori? Non vedi come sono mutata, io, il mio sguardo, la mia voce? Non ti sei accorto? Ritrovi qualcosa in me della Circe di prima?... Ho conosciuto gli spasimi, le dolcezze, gli abbandoni, la disperata voluttà di donarsi alla felicità mortale... E tu non sai, dici? non sai?... Senti! parla il mio sangue: questo mio sangue mortale ormai e bollente che ha vinto le mie stesse arti, il mio stesso potere!... Senti! senti: l'impeto di questo sangue piega fino il rombo che avvolge la mia isola! (*Sporta con mezzo il corpo fuori del palco, Circe si torce le braccia in una tensione suprema di tutti i nervi: il rombo, contemporaneamente, decresce a poco a poco fin quasi a spegnersi come lamento di bestia morente*).

EURILOCO (*ansioso, preoccupato, si avvicina a Ulisse*). Questa donna ti avvelena! Capitano, pensa alla tua patria, alla tua donna, al figlio che t'aspettano. Pensa a noi, capitano, pensa ai tuoi compagni!

CIRCE (*svegliandosi dall'estasi tremenda*). Chi è quell'uomo?

Il rombo, liberato, riacquista con un balzo il suo continuo e steso ronzio. Alcuni marinai sporgono la testa dietro il molo.

ULISSE (*a Euriloco*). Vattene!

EURILOCO. Non ti lasciare impietosire, capitano!

CIRCE (*a Ulisse*). Vile! per umiliarmi maggiormente, hai chiamato a testimone la tua ciurma!

ULISSE (*sottovoce*). Vattene, Euriloco.

I marinai scompaiono. Euriloco, guardando ora Ulisse ora Circe con diffidenza, scende lentamente dietro il molo. Segue un lungo, tormentoso silenzio. In ultimo, Ulisse china gli occhi, poi, vincendo la perplessità che lo domina, dice

ULISSE. Avrei desiderato che la nostra separazione...

CIRCE (*lo interrompe*). Perché vuoi partire? (*Passa improvvisamente dall'asprezza a un tono di dolce preghiera*) Perché vuoi partire?... Ora che sai, ora che non sono più quella di prima, perché vuoi partire?...

ULISSE. Dieci anni vado errando per terre e per mari, nella ricerca continuamente negata del figlio, della donna, della patria. Questo desiderio non si è mai spento in me. Quanti più ostacoli si sono frapposti sul mio cammino, tanto più vivo ha bruciato in me questo desiderio. Le maggiori felicità, le felicità più insperate – e tu lo sai, Circe, tu che mi davi la felicità più grande che mortale possa sognare – non potrebbero offuscare nemmeno di una nube leggerissima questa mia sola speranza cui sempre tendo le mani e che sempre mi sfugge. Circe, non credermi ciò che io non sono. È per questo, soltanto per questo che ti ho chiesto di lasciarmi partire. La mia vita è tutta chiusa, serrata in questo desiderio, in questo unico desiderio.

CIRCE. E dicevi di amarmi!

ULISSE. Ascoltami, Circe, intendimi bene!

CIRCE. Non voglio più ascoltare!

ULISSE. Ti supplico! Sarò crudamente sincero. Avrai la prova che né ora né prima...

CIRCE. Basta!

ULISSE. Quando stavamo assieme, io non vedevo te, ma quell'altra donna che notte e giorno...

CIRCE. Basta!

ULISSE. Quando dicevo di amarti, non a te mirava la mia confessione, ma...

CIRCE. Non una parola di più! Tra noi tutto è stato detto! Vattene! (*Ulisse non si muove*) Ora sono io che ti scaccio!... Va' via!... Tu mi supplicassi, ti vedessi torcerti ai miei piedi... Via!... Non ti posso più guardare! Vivo, sarai per me la creatura più mostruosa... Va'! La morte soltanto mi potrà riconciliare col tuo aspetto!... No! neppure! Non voglio! Vattene!

Dopo lunga, penosissima esitazione, Ulisse comincia lentamente ad allontanarsi verso il molo.

CIRCE (*ad Ulisse giunto al penultimo gradino della scala, lancia un grido*). Ulisse!

Ulisse si ferma, si volta.

VOCE DI EURILOCO. Capitano, il sole tramonta!

Ulisse guarda dalla parte del mare e, quasi involontariamente, sale l'ultimo gradino.

CIRCE. Ulisse! (*Ulisse si ferma in cima al molo*) Ascoltami, Ulisse. Una parola ancora: l'ultima. Non prego più, non minaccio. Sono calma. Ho avuto un momento di smarrimento. Non sapevo più quello che mi dicessi... Perdona! È passato. Guarda come sono tranquilla. Ti parlo come sorella... Conosci i pericoli cui vai incontro?

ULISSE (*immobile, risoluto*). Li conosco! Questo rischioso tentativo l'ho maturato lungamente. Nessuna minaccia, nessun ostacolo mi farebbero indietreggiare.

VOCE DI EURILOCO. Capitano, il sole è tramontato: sul mare si china la notte!

CIRCE. No: tu non ti fidi. Sospetti qualche tentativo per trattenerti. No! no! Che posso fare, che posso dire per convincerti?

ULISSE. La mia determinazione è incrollabile!

CIRCE. Il mare, questo mare anulare e chiuso che circonda la mia isola, questo mare nel quale ho infuso la mia volontà, il mio potere...

ULISSE. Lo affronterò e spero vincerlo!

CIRCE. E credi che la strada poi ti si aprirà facile e piana?

ULISSE. Non importa!

CIRCE. Ostacoli più tremendi avrai da affrontare.

ULISSE. Nulla mi spaventa!

CIRCE. Soccomberai: nell'isola delle sirene si levano a montagne i teschi, e il tuo cranio...

ULISSE. Passerò!

CIRCE. Impossibile!

ULISSE. Passerò!

CIRCE. Passerai... Sì! passerai: ma le pietre erranti, sai tu...

ULISSE. Non le temo!

CIRCE. Eccoti libero! Hai ritardato la morte solo per farti schiacciare da Scilla e Cariddi.

ULISSE. Abbandona questi timori che io non sento affatto!

CIRCE. Lascio i pericoli. Sei il coraggioso tra i coraggiosi. Non sei carne ma bronzo... Ulisse! Ulisse! Sai tu quale pericolo più spaventoso ti aspetta?

ULISSE. Il tuo elenco è inesauribile!

CIRCE. La donna che ti porti in mente...

ULISSE. Penelope?

CIRCE. Non la ritroverai.

ULISSE. Morta?

CIRCE. Peggio: un'altra.

ULISSE. No!

CIRCE. Piomberai, fantasma inaspettato...

ULISSE. No! Le tue parole sono verdi di veleno!

CIRCE. No, Ulisse, no! È per il tuo bene che parlo!

VOCE DI EURILOCO. Capitano, la notte si fa folta!

CIRCE. Fai tacere quell'uomo!

ULISSE. Credi sia lui che mi istiga?

CIRCE. Un ultimo avvertimento...

ULISSE. Fanne a meno.

CIRCE. Non avrei voluto dirtelo... (*Ulisse si volta per scendere al mare*) Ulisse! (*Ulisse non risponde e comincia a scendere dall'altra parte del molo*) Tuo figlio ti ucciderà!

ULISSE (*si volta di scatto*). Mio figlio! (*Rimane lungamente pensoso poi, trasognato, domanda*) Quando leverà la mano su me non sarà, lui, ombra invisibile?... (*Circe non risponde*) Lo vedrò io prima che mi uccida?... (*Circe non risponde*) Mi basta! (*Saluta militarmente e sparisce dietro il molo*).

CIRCE (*si sporge tutta fuori del palco*). Maledetto!

VOCI DI MARINAI. Urrah per il capitano Ulisse!

CIRCE. Va'! Parti! Il mare fedele mi porterà il tuo cadavere!

VOCE DI EURILOCO. Rompete gli ormeggi!

CIRCE. Festa! Festa! La notte mi vedrà ridere davanti ai tuoi occhi senza sguardo!

VOCI DI MARINAI. Urrah per il capitano Ulisse! Urrah per i delfini! Urrah per gli abissi!

CIRCE. Donne! donne! (*Le ancelle accorrono sulla scena*) Illuminate il mare! (*Le ancelle escono di corsa*).

VOCE DI EURILOCO. Al largo!

VOCI DI MARINAI. Urrah per il vento! Urrah per il cielo! Urrah per le stelle naviganti!

L'antenna della nave oscilla violentemente poi fugge rapidissima.

CIRCE. Luce! luce! (*Tornano le ancelle, trasportando un enorme proiettore*) Illuminate il mare!

VOCI DI MARINAI (*lontanissime*). Urrah!... Urrah!...

Le ancelle accendono il proiettore e spazzano il mare coi raggi.

CIRCE. Quando sarà per essere travolto, chiamatemi: mi voglio inebriare allo spettacolo della sua morte!

Le ancelle, seguendo con gli occhi il fascio luminoso, scrutano il mare. Nessuno parla. Non si sente se non il rombo che avvolge l'isola. D'un tratto, la

PRIMA ANCELLA (*scende di corsa e, giunta al limite del proscenio, domanda a Circe*). Signora, quanti erano nella nave?

Circe non risponde: non china neppure le pupille a guardare colei che l'ha interrogata. L'ancella ritorna sul molo, guarda lontano, domanda a una compagna.

PRIMA ANCELLA. Quanti erano, lo sai tu?

SECONDA ANCELLA. Sei, col capitano.

PRIMA ANCELLA. Sono sette, ora. (*Accenna col dito*) Guarda!

LE ALTRE ANCELLE. Sette!... Sono in sette!

CIRCE (*esce dal trasognamento*). Che andate dicendo?

LE ANCELLE. Signora, un nuovo personaggio è sorto nella nave di Ulisse!

CIRCE (*pieni gli occhi di terrore, si sporge dal palco come volesse lanciarsi nel vuoto*). No!

LE ANCELLE. Ecco... scioglie la vela... afferra il timone... la nave s'impenna... fila diritta!

CIRCE (*lancia un urlo terribile*). Spegnete! (*Cade svenuta sul parapetto del palco*).

Le ancelle spengono il proiettore. Buio. A poco a poco, vanita anche l'impressione della luce, un bianco, tenuissimo bagliore di luna comincia a calare dall'alto. Il rombo continua.

SPETTATORE (*scatta in piedi, agitato, perplesso*). Che succede? Chi hanno visto quelle donne? (*Sale correndo sul palcoscenico. Mentre sta per traversare la linea del sipario, questo gli si chiude davanti. Deluso, lo Spettatore rimane inchiodato sul proscenio*) Nemmeno questa curiosità mi son potuto levare! (*Si gratta l'orecchio con dispetto*).

Chiuso il sipario, il rombo cessa. Silenzio: un gemito fioco, languidissimo.

CIRCE. Fi...ni...to...

SPETTATORE (*leva gli occhi, vede Circe sul parapetto del palco*). E quella povera signora lassù!... (*Impietosito, scende in platea, l'attraversa, esce. Poco dopo lo si vede entrare nel palco di Circe*) Su!... Coraggio!... Finalmente, riapre gli occhi!... Povera signora!... Peggio di una bambina! Ridursi in questo stato per un uomo – e che uomo! un avventuriero, uno schiumatore di mari... Vergogna! Un uomo! Pfuh! perduto uno, dieci ritrovati. Su, bella signora, non ci pensi!

CIRCE (*vaneggia dolcemente*). Tutto è finito!... tutto è finito!... tutto è finito!...

SPETTATORE. Ma che dice!

CIRCE. Finito!... finito!... finito!...

SPETTATORE. Finito che cosa?... Una donna come lei, bella, adorna di grazie, degna di avere tutti gli uomini ai suoi piedi!

CIRCE. Finito!

SPETTATORE. Non creda che parlo per me. Io non sono come quei tali professionisti del conforto che se ne approfittano, e sotto pretesto di consolare tentano... Mi guardi – e poi alla mia età, si figuri un po'!... Ma la voglio veder sorridere... Sì? sì?... Ah, ecco!... Venga. Si sente un po' meglio?... Andiamo. Si appoggi al mio braccio: più forte... No: le assicuro che le mie intenzioni sono onestissime. Mi consideri come – permette? – un padre... Povera signora!

Circe e lo Spettatore escono lentamente dal palco.

FINE DELL'ATTO PRIMO

ATTO SECONDO

Il primo quadro, in Itaca; il secondo, nell'isola di CALIPSO*; il terzo, nel palazzo di* ALCINOO

PRIMO QUADRO

Si spengono i lumi nella sala: lo SPETTATORE *si avvia frettoloso al suo posto*

SPETTATORE. Oh, ecco: ricominciano. Bene! bene! (*Siede, fregandosi le mani dalla contentezza*) Purché non mi tocchi ancora la parte dell'infermiere! (*Smanioso di parlare, si volge al suo vicino di sinistra che, imbarazzatissimo, non sa come comportarsi*) Io – si figuri un po'! – arrivo a teatro, mi compro il mio bravo biglietto, vengo qui a godermi lo spettacolo, e... e... ha visto anche lei quello che mi è capitato!

SECONDO SPETTATORE. Scusi, ma lei chi lo obbligava...

SPETTATORE. Chi mi obbligava?... L'umanità, la coscienza, il dovere più elementare! Se non intervenivo io, che fine – me lo dica lei! – che fine faceva quella povera signora?

SECONDO SPETTATORE. Già... ha ragione... ma d'altra parte...

SPETTATORE. Certi scandali, dico, bisognerebbe evitarli... rigorosamente, per legge. A teatro ci si viene per un po' di svago, così, per passare un'oretta... (*il Secondo Spettatore vorrebbe replicare: il primo lo ferma subito*) Lo so! lo so! Certe cose, lei m'insegna, brutte o belle... lo so! Siamo tutti uomini. Che vuol farci? è la fatalità...

SECONDO SPETTATORE. Non è questo che...

SPETTATORE. Ma almeno soccorretela, fate qualcosa, datele, non fosse altro, un bicchier d'acqua!... Io, a vedere tutta quella gente che se ne stava lì impassibile... (*batte il pugno sul bracciolo della poltrona e scatta in piedi...*) parola d'onore, non so cosa avrei fatto!

Si apre il sipario: la scena rimane chiusa da un sipario interno.

SPETTATORI (*dietro*). A sedere! a sedere!

SPETTATORE (*si volta*). A sedere? e perché?... (*Indica il secondo sipario*) Come se ci fosse da veder qualcosa!

SPETTATORI (*dietro*). A sedere! Silenzio! La faccia finita!

Si apre lentamente il lato sinistro del sipario interno: quello destro rimane chiuso, così da nascondere metà del palcoscenico.

SPETTATORE. Ora sì: aprono il sipario: siedo!

Stanza di studio. Nel fondo, uscio aperto sopra un corridoio. Carta geografica sul muro. Tavola con mappamondo, regoli, squadre, compassi. Uno scanno davanti alla tavola. Grande lavagna su cavalletto. Sulla lavagna, simboli algebrici tracciati col gesso. A destra, scrivania alta, a piano inclinato, da scriverci su stando ritti. A sinistra, pianoforte verticale, nero. Accanto al pianoforte, finestra aperta. Mattina di primavera. Squilli di

Lo studio di Telemaco

trombe e cannonate a salve, di quando in quando. Telemaco, al pianoforte, studia svogliatamente la prima sonatina di Muzio Clementi. Telemaco: giovinetto tra i quindici e i sedici anni: biondo, magro, alto, impacciato. Veste da collegiale inglese: eton-jacket *nero, corto, terminato a punta; calzoni bianchi; collettone inamidato; cravatta svolazzante; capelli lisci, pettinatissimi, con scriminatura laterale.*

SPETTATORE. Che simpatico ragazzo! Tutto suo padre!... Forse... il colore dei capelli... Ma, in fondo, sono i tratti che contano: naso, mento, bocca... (*al vicino di sinistra*) Pensare che io l'ho conosciuto alto così! (*Accenna con la mano*) Carino! si aggrappava con le manine ai mobili. Un amore di bimbo!... con tutti i capelli biondi, a boccoli... Eh, già! coll'età sono un po' scuriti... Vede? ora proprio i capelli di sua madre.

SECONDO SPETTATORE. Conosce anche la signora, lei?

SPETTATORE. Eh, vecchi, vecchissimi amici!... Una così brava signora!... Poverina!... Fa pena!... Una donna, in fine, perde il marito, beh! pazienza! lo sa, si fa una ragione, cerca magari di consolarsi, crearsi una nuova vita... Ma al buio! al buio!... Dieci anni, pensi!... Non sapere se è vedova, se il marito vive ancora?... Creda, è una situazione tragica... Io, per conto mio, se avessi qualche ingerenza... È una cosa molto delicata, non dico, ma, tanto!...

SECONDO SPETTATORE. Lei crede veramente...

SPETTATORE. Eh! non lascia dubbio!

SECONDO SPETTATORE. È sicuro?
SPETTATORE. Vuole che non lo sappia io!
SPETTATORI. Silenzio! silenzio laggiù!

Lo Spettatore si volta a guardare con aria minacciosa, poi, non sapendo con chi prendersela, torna nella posizione di prima. Indispettito, continua per un po' a far tamburello con le dita sul ginocchio e scuote la testa. Si calma infine e, accennando Telemaco al pianoforte, dice

SPETTATORE. E suona benino, anche!... Bravo! bravo! (*Si china al vicino*) Scusi, che pezzo è questo?
SECONDO SPETTATORE (*cercando*). È... è... aspetti... È la prima sonatina di Clementi.
SPETTATORE. Già! già, già, già, già, già, già!... (*Solfeggia battendo il tempo con la mano*) Do mi do sol sol, do mi do sol sol sol, tià ra là là, là ra là là, tià ra là là là... (*va in estasi*) Che bellezza! Questa è musica! Come è fresca! Pare scritta ieri! ...eh, signor mio, oggigiorno non se ne scrivono più belle melodie!... Io, sa, di musica non me ne intendo; ma mi dica anche lei: fracasso, stonature, bum! bum! bum! – che gusto ci prova?
SPETTATORI. Silenzio laggiù! vogliamo sentire!
SPETTATORE (*si volta arrabbiatissimo*). Che ci hanno da protestare, loro?... Che ci tengono molto a sentire un giovinetto che suona il piano?
SPETTATORI. Silenzio!
SPETTATORE. Farò silenzio quando l'atto sarà cominciato. Non vedono che nemmeno il sipario è ancora aperto completamente?

SECONDO SPETTATORE. Quanto al sipario, sa, credo che più di così non l'aprono.

SPETTATORE. Macché! impossibile! Si sarà guastata la puleggia.

SECONDO SPETTATORE. No, no; creda pure che l'han fatto apposta.

SPETTATORE. Apposta?

SECONDO SPETTATORE. Per darci l'illusione che là dietro avvengono cose straordinarie.

SPETTATORE. Ma è una mistificazione! una truffa!... Ci privano di metà spettacolo!... (*Non si dà pace: all'ultimo si alza in piedi*) Voglio metterci il dito! (*Sale lesto sul palcoscenico, lo traversa in punta di piedi per non farsi scorgere da Telemaco, si china a occhieggiare dietro il sipario: scoppia in esclamazioni di meraviglia*) Oh! oh! oh! oh! È proprio vero! ma è proprio vero!... Uh! guarda!... Una statua che cammina!... Ora si aggiusta i capelli sotto l'elmo!...

Mentre lo Spettatore sta a curiosare dietro il sipario, per l'uscio aperto entra Mentore frettoloso: scorge lo Spettatore: si ferma, rabbuiato.

MENTORE (*vestito interamente di nero come pastore protestante: redingote, panciotto abbottonato fin sotto il mento, colletto chiuso. In testa, papalina nera*). Che cerca lei là dietro?

SPETTATORE (*si volta, vede Mentore: rimane senza fiato*). Nulla... ero venuto a...

MENTORE (*burbero*). Scenda! Torni subito al suo posto!... E non venga più a ficcare il naso in faccende che non lo riguardano! (*Lo Spettatore, timido timido, torna a sedere in poltrona*).

TELEMACO (*si accorge della presenza di Mentore: si alza dal pianoforte e saluta*). Buongiorno, signor professore.

MENTORE (*ancora sotto l'impressione della lavata di capo data allo Spettatore*). Buongiorno.

TELEMACO (*guarda in giro, meravigliato*). Con chi parlava, signor professore?

MENTORE. Io?... non parlavo affatto!

TELEMACO. Mi era sembrato...

MENTORE. No! no!... (*Passeggia per la stanza, nervoso: a un tratto si ferma*) Telemaco!

TELEMACO. Signor professore?

MENTORE. Come ti sei svegliato stamattina?

TELEMACO. Io?... al solito. Perché, signor professore?

MENTORE. Nulla... pensavo... (*riprende a passeggiare, nervoso: si ferma un'altra volta*) Telemaco!

TELEMACO. Signor professore?

MENTORE. Senti, Telemaco... Vieni qui. (*Telemaco si avvicina*) No... anzi... resta là. (*Telemaco si ferma*) Telemaco... senti... Nella vita ci sono giorni di sonno profondo, e giorni di risveglio... (*si ferma come aspettando la replica di Telemaco: questi tace e guarda Mentore, incuriosito e senza capire. Squilli di tromba. Mentore si anima, tende l'orecchio, accenna col dito fuori della finestra*) L'assalto!

TELEMACO. Sono i soldati che fanno gli esercizi in piazza d'armi.

MENTORE (*assorto*). I soldati... (*si volta al giovinetto*) Telemaco!

TELEMACO. Signor professore?

MENTORE. La diana che ha squillato stamattina nelle caserme, l'hai sentita?

TELEMACO. Tutte le mattine la sento, signor professore.

MENTORE (*deluso*). Tutte le mattine... lo so... ma...

TELEMACO. Quando sento la diana, so che sono le sei e mi alzo.

MENTORE (*scontento della risposta di Telemaco*). Ah! va bene! va bene!... (*Borbotta tra sé*) La corda non rende.

TELEMACO. Che cosa va bene, signor professore?

MENTORE. Niente... va male...

TELEMACO. Male?... che cosa, signor professore?

MENTORE. Nulla, nulla... (*ricomincia a passeggiare per la stanza, poi come obbedendo a una risoluzione improvvisa, si ferma davanti alla lavagna*) Beh! a che punto siamo con questo problema?

TELEMACO. Eh... signor professore... un po' difficile... Non so se...

MENTORE. I problemi, figliolo, non sono né facili né difficili. L'essenziale è penetrare il mistero, l'armonia... Capisci?... Dico «mistero» perché faccio conto di trovarmi di qua dal problema: di là, il mistero – inutile dirtelo – non è più mistero. Si varca la sponda... Così nelle arti, in poesia, nel gioco sottile delle anime... Mi segui?

TELEMACO. Eh... sì e no, signor professore.

MENTORE. No?... Stai attento! Tu – prendiamo un esempio – avverti, conosci i sentimenti che traversano il tuo animo?... i pensieri che lo dominano?

TELEMACO. Io?... che ne so?...

MENTORE. Dammi ascolto... La nostra anima, di cui solo in parte siamo padroni, vola lontano, rapida come falco: non possiamo se non seguirla con lo sguardo, cercare di non perderla di vista... (*si ferma, poi, a un tratto lancia questa domanda*) Pensi talvolta a tuo padre? (*Telemaco sobbalza: guarda Mentore con stupore, con diffidenza, con ostilità*) Telemaco! (*Telemaco non risponde*) Sai di chi sei figlio?... Questo pensiero basterebbe a colmare il più fiero cuore, l'animo più altero... Hai sentito parlare di lui, sempre, continuamente... Nutrito, cresciuto in quel ricordo... Mobili, muri, tutto... Ma, una cosa vorrei sapere: fuori da quanto noi – tua madre, la vecchia Euriclea, io stesso – ti abbiamo detto... serbi un ricordo diretto?... rammenti?... resta traccia in te di quando egli abitava questa casa, girava per questi corridoi, queste stanze?... (*Telemaco rimane chiuso nel suo ostinato mutismo*) Se qualche pudore... Nobilissimo fra i sentimenti!... Se tu, schivando di svelarmi il nesso segreto che vi unisce... Sento quanto prezioso ti è quel pensiero... Non è così?... A me però... Telemaco... non dovresti celare... (*Telemaco tace ostinatamente: volta la testa verso il muro. Mentore scrolla il capo con tristezza*) Avevo creduto... Non è possibile! La memoria non stende così lontano le mani pietose... Quanti anni avevi?... No: non puoi ricordare... La vita, in quei lontani esordi, è tutta oscurità: buia, vana, come non mai esistita.

Mentore scoraggiato china la testa. Nel fondo del corridoio – in uniforme di capitano di marina ma nuda la testa – appare Ulisse: triste, pensieroso, le braccia incrociate sul petto. Si ferma a guardare Telemaco. Questi, come se s'aspettasse quell'apparizione, non mostra la più lieve sorpresa. Padre e figlio si fissano, incantati. Poi, Ulisse, lentamente, se ne va dall'altra parte.

MENTORE (*si approssima alla lavagna*). Beh! torniamo a quest'algebra. Dicevamo dunque... (*si accorge che Telemaco non gli è vicino: si volta, lo vede immobile, fisso lo sguardo sull'uscio*) Telemaco, che fai? (*Telemaco si riscuote: si avvicina lentamente alla lavagna*) Dicevo dunque: l'algebra è una scienza duttile e spaziosa. Sai che cos'è l'algebra? L'algebra è come le stelle, tra le quali vediamo scorrere e giocare i nostri pensieri; è come il lento trasformarsi delle nubi, nelle quali vediamo affacciarsi e sparire il volto di una persona cara. (*Indica la lavagna*) Simboli: meno che fantasmi... Meglio ancora: esca ai fantasmi: li chiamano, li suscitano, li radunano... E così ospitali da raccogliere i nostri più segreti pensieri... Vuoi vedere? (*Si accorge che Telemaco s'è rimesso a fissare l'uscio*) Telemaco! ma dov'hai la testa? (*Telemaco si riscuote; torna a guardare la lavagna*) Prendi il gesso. (*Telemaco prende il gesso*) Traccia una retta. (*Telemaco traccia una retta*) Ferma! (*Telemaco si ferma*) Ora, in capo a questa retta segna un X. (*Telemaco segna un X*) Bene. Dunque, noi sappiamo che X rappresenta l'incognita. Vero?

TELEMACO. Sì, signor professore.

MENTORE. Risolvimi quest'incognita.

Telemaco incerto, guarda un po' la lavagna, un po' Mentore.

MENTORE. Non ci riesci?

Scoppia al piano di sotto grande schiamazzo di voci avvinazzate, grida, risate.

MENTORE (*sobbalza, resta un momento sospeso, poi, guardando fuori della finestra, prorompe*). Tre ore! Tre ore che il sole brilla alto nel cielo – gli agricoltori nei campi, gli artieri negli opifici, i soldati in piazza d'armi – e questa oscena genìa, crapulato tutta notte, ha forza ancora di sollevare il bicchiere alle labbra!... O spaventosa resistenza del vizio!

Scoppiano, sotto, nuovi schiamazzi.

MENTORE (*perplesso, fremente, si guarda intorno*). E questa è la sua casa!... È partito: dieci anni che va errando per il mondo... Chi è rimasto? chi è padrone? chi comanda?... Penelope? tu? No: la Vergogna! Ecco la sola padrona!... (*Fissa Telemaco con sdegno*) Guardala come si aggira spavalda e oscena per le alte stanze: sentila come urla, come ride!... e tu... tu... (*indica la lavagna...*) tu rimani incerto davanti a questa lettera!... Anche se la cera di tutti i nostri alveari ti tappasse le orecchie, come potresti restartene insensibile, muto, inoperoso?... Non hai sangue nelle vene, tu?... Un figlio è più geloso di sua madre, del marito stesso!... E tu sopporti, puoi sopportare in silenzio?

Telemaco, investito da quelle parole, incomincia a tremare violentemente.

MENTORE (*accenna la scrivania*). Quella scrivania là – ricordi? – l'ho fatta costruire io dietro mie precise indicazioni, perché tu perdessi il vizio di stare curvo mentre scrivi: ma il tuo animo, il tuo animo... per raddrizzarti l'animo, dimmi tu, dimmi tu quale mobile, quale attrezzo dovrei costruire? (*Salve di artiglierie*) Senti? Sparano i cannoni!... E tu, silenzioso, subisci la vergogna!... Che ti serve che tutte le mattine Marte stesso ti svegli con lo squillo delle trombe?... Cannoni! inutili arnesi, salutate l'ignavia di un principe che lascia la più vile gentaglia insidiare l'onore della madre sua! salutate la pusillanimità del figlio di...

TELEMACO (*non riesce più a frenarsi*). Io... io... (*scoppia in pianto*).

MENTORE (*si ferma, frena lo sdegno: considera il giovinetto con compassione*). Basta! Non volevo farti piangere.

TELEMACO (*balbettando tra i singhiozzi*). Io... io... signor...

MENTORE. Calmati... Ho fatto ferro delle parole per attizzare un fuoco... Calmati. Anch'io mi sono calmato. Ho voluto tentare una corda che, dura, non vibrava... Basta!... Lo sdegno mi ha preso la mano... Non piangere.

Telemaco si calma a poco a poco, si asciuga gli occhi.

MENTORE (*lo sospinge alla lavagna. Cassa con la spugna la retta e l'X*). Questo problema, dunque, non sei riuscito a risolverlo?

TELEMACO. Mi ci ero provato, signor professore, ma... sa... non è colpa mia... Ho dovuto interrompere per studiare la sonatina. Alle dieci viene mademoiselle Porcher.

MENTORE. Mademoiselle Porcher?... Ah, già, la maestra di pianoforte. A proposito: dille di non farsi i riccioli a quel modo, perché somiglia a una furia.

TELEMACO. Io, signor professore!... e come faccio?

MENTORE. Da parte mia, con garbo: non se ne avrà a male... Anzi, vieni qui, Telemaco. (*Telemaco si avvicina*) Dille testualmente così: «Il professore ha detto di non farsi i riccioli a questo modo, perché somiglia a una furia» ... Ripeti.

TELEMACO. «Il signor professore...».

MENTORE. Basta «professore».

TELEMACO. «Il professore ha detto di non farsi i riccioli a questo modo, perché somiglia a una furia».

MENTORE. Bene!... «E le furie in questa casa non debbono entrare...». Ripeti.

TELEMACO. «E le furie in questa casa non debbono entrare...».

MENTORE. «Perché le furie non frequentano se non quelle case...».

TELEMACO. «Perché le furie non frequentano se non quelle case...».

MENTORE. «In cui è stato commesso un assassinio». (*Telemaco guarda Mentore con spavento, e tace*) Ripeti. (*Telemaco comincia a tremare*) Non vuoi ripetere?... «In cui è stato commesso un...».

TELEMACO (*non frenandosi più*). No! no! signor professore!

MENTORE. No?... Che significa?

TELEMACO. Non posso! non posso! (*Si copre il viso con le mani*).

MENTORE (*lo afferra per il braccio e lo attira a sé*). A che hai pensato? (*Lo costringe a scoprire il viso*) Piccolo enigma... archivio di segreti... cassaforte di carne... Perché non vuoi parlare? (*Telemaco accenna di no col capo*) Non vuoi?... Non importa. Guarda su quel muro: che cosa vedi? (*Telemaco guarda il muro, poi torna a guardare Mentore con crescente stupore*) Su quel muro io leggo la storia del tuo pensiero... Vuoi che la ripeta?

TELEMACO (*spaventato*). No! no! signor professore! (*Fa per divincolarsi dalle mani di Mentore*).

MENTORE (*come se leggesse parole scritte sul muro, dice*). « L'urlo della vittima nessuno l'ha sentito. Sulla soglia di questa casa non si è trovato il coltello insanguinato... E gli assassini, dove sono?... ».

Scoppia di nuovo il vociare degli ubriachi: canti che subito si storcono in risa sguaiate: poi, silenzio.

MENTORE (*si rizza, terribile*). Telemaco! Assassinare un ricordo è il delitto più orrendo di cui uomo si possa macchiare! La memoria non grida, la sua ferita non butta sangue: è meno terribile per questo il delitto?... Telemaco, qui si sta assassinando la memoria di...

TELEMACO (*gli si butta addosso a impedirgli di terminare la frase*). No! no! no!... Non parli! non lo dica!

Mentore, felicemente stupito, considera Telemaco che dopo lo sfogo, è rimasto muto e come impietrito.

MENTORE (*siede sullo scanno, attira a sé il giovinetto e cerca di placarlo*). Telemaco, fresco ramoscello, ho visto i primi lampi passare nel tuo cielo sereno. Nel fondo della tua voce che ancora odora d'infanzia, rugge il temporale... Figliolo, io rispetto l'animo dei fanciulli: rispetto il tuo animo oscuro in cui, accanto a brillanti giardini, veggo levarsi dense foreste cariche d'ombra, nelle quali si aggira con passo lungo e silenzioso il leone della vendetta! (*Telemaco alza il capo: guarda Mentore con occhio mutato, fermissimo. Mentore, riconfortato da quello sguardo, riprende a parlare con crescente entusiasmo*) Ricordi, Telemaco, ciò che ti ho detto prima? Nella nostra vita ci sono giorni di sonno profondo, e giorni di risveglio. (*Si leva in piedi*) Questo è il «tuo» giorno, Telemaco: il giorno del tuo risveglio. La diana oggi ha squillato nel chiaro mattino con voce nuova. È la primavera, Telemaco. Tornata è la stagione piena di spaventose promesse!... E Ulisse dov'è?

SPETTATORE. Ulisse è morto!

A quella voce caprigna, fessa, salita su dalla platea, Mentore e Telemaco rimangono un istante perplessi, immobili. Poi, vanita la stasi della perplessità

MENTORE (*viene alla ribalta e fruga con gli occhi tra gli spettatori*). Chi ha parlato? (*Accenna col dito ora uno spettatore, ora l'altro*) Lei?... lei?... (*Ferma occhio e dito su colui che ha parlato*) No: facevo apposta! Ho finto di cercare: lo avevo individuato subito!

SPETTATORE. Professore...

MENTORE. Non so di professori, io! Io, prima che lei aprisse bocca, sapevo chiaramente ciò che avrebbe detto!

SPETTATORE (*stizzito*). Sono capitato in una seduta spiritica!

MENTORE. Lasci gli scherzi! Lunga è la voce della morte. Quanto basta a circondare...

SPETTATORE. Ma io...

MENTORE. ...a circondare il mondo!

Intanto è venuto alla ribalta anche Telemaco che, armato di risoluzione, indicando col dito teso lo spettatore, grida

TELEMACO. Signor professore, quel signore laggiù ha mentito!

MENTORE (*si volge di scatto a Telemaco*). Telemaco! (*Lo afferra per il braccio*) Sì! ripeti! gridalo, gridalo che ha mentito! (*Immobili entrambi alla ribalta, guardano lo Spettatore con profondo disprezzo. Poi, preso Telemaco per le spalle, Mentore lo spinge nel mezzo della scena*) Grazie, figliolo! Il tuo orecchio è fine. Avessero tutti il tuo udito!... Anche il tuo occhio è chiaro e vede lontano. Telemaco, sai perché ti parlo così?... Ci sono uomini che non veggono. Si riconosce un cane nello specchio? Questi uomini hanno la vista grossa, opaca. Altrimenti...

TELEMACO (*si guarda dietro con sospetto*). Signor professore, ho paura che qualcuno senta!

MENTORE. Nessuno sente ciò che noi soli possiamo sentire. Altrimenti, dicevo... Telemaco, i muri di questa casa ti paiono bianchi?

TELEMACO. Ho paura!... I miei pensieri, nel timore che mi si rendano manifesti sulla fronte, temo fino di pensarli.

MENTORE. Non temere, figliolo. Per chi sa vedere, su questi muri non è sbiadita l'ombra di tuo padre! (*Si volge brusco allo Spettatore*) Che può saperne lei se Ulisse è vivo o morto?

SPETTATORE. Gente che...

MENTORE. Taccia! Da quando Ulisse è partito, questa casa non ha mai chiuso le sue porte. Guardi! (*Accenna la finestra*) Le finestre sono rimaste aperte notte e giorno. È mai entrata qui dentro la voce della morte ad annunciare che Ulisse non è più?

SPETTATORE. Da buona fonte... informazioni precise...

MENTORE (*sprezzante*). Uomini che parlano! parole di uomini! Noi invece – non è vero, Telemaco? – noi conosciamo, fidiamo in ben altri segni!... S'è tinta mai di lutto questa casa? ha pianto?... Senti: se appena tendiamo l'orecchio, la sentiamo vibrare tutta quanta, dalla cantina al solaio, dell'ansioso respiro dell'attesa! (*Offuscata dall'entusiasmo, Minerva dimentica la falsa personalità di cui è rivestita: alcuni raggi luminosi spuntano sotto la papalina, le aureolano il capo*).

TELEMACO (*scorgendo con meraviglia i raggi*). Signor professore, le brilla la testa!

MENTORE (*ritrovando il sentimento della realtà*). Non mi guardare, Telemaco! (*Lo costringe a voltarsi verso la finestra*) Hai travisato, figliolo. Il sole, la memoria... il sole nella memoria: ecco ciò che brilla! (*Mentre Telemaco è vol-*

tato, Mentore ricaccia i raggi sotto la papalina. Poi, cingendo il giovinetto per le spalle, comincia a parlargli con voce bassa, lontana, misteriosa, ma che via via crescerà fino a toccare la vetta suprema dell'esaltazione) Telemaco! Questo è il momento più dolce, più sottile e più terribile assieme della tua giovane esistenza. Telemaco, senti l'aria come trema! Gli oggetti più muti hanno acquistato la parola. Cantano le sedie, i muri sono sonori. Se tu dici a quel pianoforte: suona! sentirai le corde vibrare dentro la cassa armonica, come arpa sotto le dita di Euterpe... Serbalo questo momento, Telemaco! Bada a non guastarlo! Afferra il tuo cuore, fermalo, stringilo coi denti! Serra il tuo pensiero!... Telemaco! vuoi rivedere tuo padre? (*Telemaco, esterrefatto, tremante, fissa Mentore in silenzio*) Vuoi?... vuoi?... Premi il dito là. (*Accenna il bottone del campanello elettrico. Telemaco fa un passo verso il campanello: si ferma, spaventato*) Non temere! va'! va'! (*Telemaco si avvicina, esitante, al campanello*) Premi! premi, Telemaco!

Telemaco, con risoluzione improvvisa, preme il dito sul bottone del campanello: squillo lontano, nel fondo della casa. Telemaco si copre il viso col braccio ripiegato.

EURICLEA (*appare sulla soglia, con una valigia in mano*). Ha chiamato, signor professore?

TELEMACO (*nel sentire la voce di Euriclea, si scopre il viso: fissa la nutrice, battendo i denti dallo spavento. Poi, cedendo a una reazione improvvisa, scoppia in singhiozzi e si butta nelle braccia della vecchia*). Dadà!... dadà!

EURICLEA. Non piangere, signorino! cuoricino bello, non piangere! mio piccolo tesoro!

TELEMACO. Dadà!... dadà!

EURICLEA. Calmati, bambolino! Vedrai: è per il tuo avvenire, per il tuo bene!... No! no! figliolo, non piangere più!

Mentre Telemaco ed Euriclea sono abbracciati, nel fondo del corridoio appare Ulisse: si ferma, pensoso, le braccia incrociate sul petto: guarda nella stanza.

MENTORE. Telemaco, non ho più motivo di nasconderti il mio proposito: noi partiamo.

EURICLEA. Purtroppo! purtroppo!

MENTORE. La tua infanzia si è aperta come matrice giunta al termine.

EURICLEA. Ascolta, Telemaco, ascolta quello che ti dice il signor professore.

Telemaco alza il capo e sopra la spalla della nutrice vede Ulisse: padre e figlio si fissano esterrefatti.

MENTORE. È la tua seconda nascita. La nostra impazienza ha finito di sbadigliare. Questo giorno l'ho aspettato come l'aquila aspetta il sole.

EURICLEA (*rapita suo malgrado dalle parole di Mentore*). Eroe primaverile! Telemaco! mio cuore!

MENTORE. E tu, Telemaco?

TELEMACO (*fermi gli occhi su Ulisse, risponde*). Nelle sue parole, signor professore, risuona la voce di mio padre!

MENTORE. Movigli incontro, Telemaco. Troverai chi saprà darti di lui chiare notizie: udrai quella voce fortuita in cui Dio nasconde le verità che noi cerchiamo.

TELEMACO (*come svegliandosi da un sogno*). Ma la mamma... lo sa?

MENTORE. Il suo cuore si gonfierebbe fino a chiudere interamente questo uscio. Non preoccupartene: il viaggio che intraprendi tornerà a favore non solo tuo e di Ulisse: sarà l'arme che difenderà l'onore di tua madre.

TELEMACO. Ma se la...

MENTORE. Telemaco! io veggo in te l'aspetto di un eroe: abbine il cuore, e anche il nome tuo, come quello di Ulisse, risonerà alto nei secoli!

EURICLEA (*scoppia in pianto*). Ah, figliolo! Tu, l'unico figlio di Penelope! Tu così giovane! così delicato! Tu la nostra gioia, partire per un viaggio tanto lungo! esporti a tutti i pericoli del mondo!

MENTORE. Non ci turbare coi pianti, Euriclea. Non gli accadrà nulla: sta' sicura: gli sarò accanto io.

EURICLEA. Il capitano è morto lontano dalla sua casa...

MENTORE. Portami quella valigia.

EURICLEA (*pone la valigia aperta sullo scanno, continua a piangere e a lamentarsi*). ...E ora anche tu ci lasci...

MENTORE. Taci, Euriclea: tu scambi per verità ciò che ti suggerisce il cuore abbuiato.

EURICLEA. Ah, mio Dio! e le magliette?

MENTORE. Quali magliette?

EURICLEA. Le magliette del signorino. Le ho lasciate di sopra. Corro a prenderle. (*Fa per uscire: Mentore la ferma*).

MENTORE. Non c'è tempo.
EURICLEA. Ma in viaggio... se fa freddo...
MENTORE. Non importa.
EURICLEA. Aprile è traditore... il signorino...
MENTORE. Ce le procureremo in viaggio. Via! Chiudi la valigia.

La nutrice chiude la valigia. Si sente, fuori, la

VOCE DI PENELOPE. Telemaco!
EURICLEA. Madonna! la signora!
TELEMACO. Mammà! e adesso?
MENTORE. Rispondi! rispondi!
TELEMACO. Che rispondo?
MENTORE. Che vieni subito! (*Lo spinge verso l'uscio*).
TELEMACO (*gridando, fuori dell'uscio*). Vengo subito, mammà!
MENTORE (*afferra lo scanno con la valigia e lo porta davanti al lato chiuso del sipario. Spinge Euriclea davanti allo scanno, così da farglielo nascondere col corpo. Dice alla nutrice*). Resta là! non ti muovere! (*Corre all'uscio, grida a sua volta*) Telemaco viene subito, signora!

Telemaco esce. Mentore si pone davanti alla lavagna e finge di scrivere. Durante questo momento di attesa, Ulisse avanza fino nel mezzo della stanza: si ferma. Telemaco rientra

MENTORE. Viene qui?
TELEMACO. No, signor professore.
MENTORE. Perché ti ha chiamato?
TELEMACO. Per darmi questo sandwich. (*Mostra un panino gravido che tiene in mano e fa l'atto di porgerlo a Mentore*) Vuole, signor professore?

MENTORE. Momento proprio da sandwich! Dov'è andata, in cucina?

TELEMACO. È salita in camera.

MENTORE. Meglio. Ora, presto! non perdiamo tempo! (*Porge a Telemaco un berretto da viaggio, lo aiuta a infilare un soprabito di gabardine. Afferra la valigia, spinge avanti Telemaco*).

EURICLEA. Buon viaggio, signorino! Addio! addio! (*Lo abbraccia*) Penserai alla tua vecchia dadà?

TELEMACO. Sì! sì!

EURICLEA. Fa' attenzione, sai! guardati! bada ai riscontri d'aria!

MENTORE (*a Euriclea*). Siamo intesi: tu, acqua in bocca!

EURICLEA. E se la signora mi domanda?

MENTORE. Non sai niente! Ci penserò io: manderemo un telegramma dalla prima fermata.

TELEMACO (*si ferma titubante*). E la musica, signor professore?

MENTORE. Che intendi dire, Telemaco?

TELEMACO. La musica...

MENTORE. Che tuo padre fosse musicale?... Sì: la memoria è sonora come musica lontana. Ascolta! Che senti? (*Telemaco guarda Mentore senza capire*) Sento una voce che grida: Salute al capitano Ulisse!

EURICLEA (*affogando nell'entusiasmo qualunque altro sentimento*). Salute al capitano Ulisse!

Sparano i cannoni.

MENTORE. Principe! I più bei reggimenti del tuo esercito si addestrano alla guerra! Migliaia e migliaia di uomini si apprestano a difendere la tua vita, il tuo nome, la tua gloria!

TELEMACO. La musica?...

MENTORE. Ma quale musica?

TELEMACO. La lezione... tra poco verrà mademoiselle Porcher...

MENTORE. Eh?... Ma via! passa avanti!

Mentore e Telemaco escono, seguiti dalla vecchia nutrice. Ulisse rimane solo, immobile, nel mezzo della stanza. Poco dopo, giunge di fuori la

VOCE DI MADEMOISELLE PORCHER. Monsieur Télémaque; monsieur Télémaque! (*Mademoiselle Porcher si affaccia all'uscio*) Monsieur Télémaque! (*Guarda in giro*) Où s'est-il donc fourré ce petit polisson? (*Entra nella stanza. A un tratto, rabbrividisce, fiuta l'aria con diffidenza, si guarda attorno, spaventatissima*) Oh! mais quel air étrange dans cette chambre! (*Gira, tremando di paura, intorno a Ulisse*) Mon Dieu!... j'ai peur! (*Torna lentamente e a ritroso verso l'uscio*) ... Mon Dieu! (*Esce. Ulisse rimane solo nel mezzo della stanza*).

SPETTATORE (*si alza in piedi, tutto contento*). Che bellezza! Non c'è più nessuno!... (*Al vicino*) Non so se lei pure è come me: io, all'azione, al movimento, preferisco i momenti di silenzio, di attesa... Ora, per esempio. Guardi: è suggestivo: non sappiamo chi entrerà, che cosa succederà.

Ulisse avanza lentamente fin sulla linea del sipario: questo poco dopo gli si chiude dietro le spalle.

VOCE DELLO SPETTATORE (*nel pieno silenzio del teatro, si leva, solenne, delusa, sepolcrale*). Non è successo nulla!

Lo Spettatore, cade, scoraggiato, nella poltrona. Ulisse resta un momento immobile. Poi, lentissimamente, va a sedere sullo scanno che è rimasto davanti al lato destro del sipario. Poggia il gomito sul ginocchio, il mento nella mano. Immobile, triste, sguardo fisso. Statua oppressa da afflizione mortale.

SECONDO QUADRO

Il lato destro del sipario interno si apre lentamente dietro le spalle di ULISSE

Salotto nella villa di CALIPSO. *Mobili massicci, un po' antiquati. Mensola con cassetti. Tende e cortinaggi. Tepore, confort dei salotti di trent'anni fa. A destra, uscio riparato da una portiera di velluto. Ampia finestra nel fondo, aperta sopra una terrazza che strapiomba sul mare. Pomeriggio d'autunno. Cielo morbido, profondo. Un lembo di muro esterno, dorato dalla luce obliqua del sole.*

CALIPSO (*avvolta in una sontuosa vestaglia e mollemente coricata sopra una sedia a sdraio, considera Ulisse con malinconico affetto. Sebbene la morbida grazia delle forme e la calma dolcezza del volto richiamino al carattere autunnale della donna di quarant'anni, Calipso non è se non la replica esatta di Circe*). Sempre triste, sempre pensoso...

ULISSE. Chi è? (*Scatta in piedi come dormiente risvegliato, ma non si volta*) ...Voce inopportuna! Ha spazzato via ogni cosa, come vento infocato! (*Rimane immobile, ritto, gli occhi sbarrati*) Vuoto!... vuoto!... (*Muove le mani davanti a sé, come cercando qualcosa*) Nulla!... (*Ricade affranto, sullo scanno*) Solo!... di nuovo solo! (*China la fronte nelle mani*).

CALIPSO (*che ha seguito con molta commozione il soliloquio di Ulisse, ha un'espressione di stizza non appena questi pronuncia la parola «solo»*). Questo poi!

ULISSE (*come parlando a se stesso*). Solo! Storione in mezzo a una sala da ballo, bicicletta nel fondo del mare!

CALIPSO (*ridendo con riso grasso, un po' isterico*). Ah, ah, ah, ah, che immagini!... Lascio me, che non conto più di una mosca...

ULISSE. Ormai...

CALIPSO. Scusa: mi sono vantata! Una mosca ronza, punge: io nemmeno di questi mezzi dispongo.

ULISSE. Non mi resta altro manto da coprirmi se non la sola tunica dell'infelicità, e suscito ancora i tuoi risentimenti!

CALIPSO. Civettone! Ti compiaci della tua infelicità come la cortigiana della sua bellezza, il milionario dei suoi milioni.

ULISSE. Anche questo!

CALIPSO. Quanto alla solitudine, ad altri! Un corteo di sospiri ti segue, ospiti sonori nella mia casa, assieme con te, ospite silenzioso.

ULISSE. Mi hai raccolto più morto che vivo.

CALIPSO. Passi, e le tende si gonfiano al vento dei tuoi sospiri. Come riempiono la pace del-

La villa di Calipso

la notte! Basterebbero a far vogare una flotta intera. Nella mia casa, lieta altre volte e brillante di canti, s'è accampato l'esercito dell'afflizione: i nostri tristi giorni! le nostre tristi settimane! i nostri tristi mesi!

ULISSE. Che tragedia il calendario nella tua bocca! Perché non mi lasciasti morire?

CALIPSO. Avessi potuto prevedere tanta gratitudine!

ULISSE. Basta, Calipso, ti prego! I tuoi rimproveri, i tuoi dileggi, per quanta forza tu metta a scagliarli, vedi, cadono esausti. Non oppongo resistenza, non mi difendo: cado. Tiri pugni a un'ombra. Sono stanco, sfinito. Il mio coraggio, alto una volta e crepitante come fiamma in cima all'albero maestro, ora è inerte come bandiera quando non tira alito di vento.

Queste parole, Ulisse le ha pronunciate con tale profonda tristezza, che Calipso, dimettendo d'un tratto l'umore stizzoso, torna a considerare Ulisse con affettuosa malinconia.

CALIPSO. Non avevo capito, Ulisse. Perdona! Sono sciocca. Mi pento, mi pento di avere parlato come ho parlato.

Due piedi calano sulla balaustra del terrazzo, poi il busto di un uomo, in fine la testa di

MERCURIO (*che, vestito da aviatore, con elmo di cuoio, occhiali e casacca pure di cuoio, balza sulla soglia della finestra, guarda nel salotto e, scorgendo Calipso, chiama sottovoce*). Calipso!... Pst!... Pst!... (*Calipso non sente. Mercurio si mostra contrariato*) Sono capitato in un brutto momento. Mah! aspettiamo un po'... (*sparisce dietro la vetrata*).

CALIPSO. A che rimpiangere il coraggio? Sei forse tra nemici?

ULISSE. Quel poco di forza che ancora mi restava quando ero nell'isola di Circe...

CALIPSO. Con quella donna, sì, la forza ti era necessaria!

ULISSE. ...anche quel poco se n'è andato!

CALIPSO. Frigida, artefatta, crudele! Ma qui, con me...

ULISSE. Inerme: tartaruga spogliata della scaglia.

CALIPSO. ...che ti voglio veramente bene!

ULISSE. Chiunque, un bimbo, solo che posasse le mani su me, mi butterebbe a terra.

CALIPSO. Sei convalescente ancora delle crudeltà di quella mala femmina!

ULISSE. No: nessuno mai m'ha fatto male.

CALIPSO. Colei, sì!

ULISSE. Il male di cui soffro è diverso.

CALIPSO. Perché sei troppo buono, troppo generoso, e le perdoni.

ULISSE. A tutti ho perdonato: solo a me stesso non perdono.

CALIPSO. La grandezza del tuo cuore...

ULISSE. Chi parla di cuore, di grandezza?... Non voglio! Che cos'è, dove sta questa grandezza?... Follia, fumo!... No: una sola cosa chiedo: la pace, la solitudine: lasciatemi con i miei pensieri!

CALIPSO. Tu soffri, Ulisse. Oh, perché, perché ti ostini a ricusare il mio aiuto? Il bene, il conforto di un cuore che ama sono lenimento al dolore. Vuoi che non parli? Tacerò. Ma lascia, lascia che ti segua nei tuoi oscuri pensieri. Ti verrò dietro, attenta, modesta, silenziosa. Saprai almeno che non sei solo, che qualcuno ti è vicino... Dimmi, amor mio, che pensi?

MERCURIO (*sbuca dietro la portiera di velluto che nasconde l'uscio*). Ma non la finiranno mai quei due! (*Guarda l'orologio da polso*) E il tempo vola! (*Chiama sottovoce*) Calipso!... Calipso! (*Calipso non sente*) Bella storia, codesta! (*Sparisce dietro la portiera*).

ULISSE. Io non penso. Non penso più. La pratica costante del pensare ha fatto sì che la mia vita ormai è tutta pensiero, e il mio pensiero vita. Un insetto che vede? Il filo d'erba gli sembrerà una quercia, il minimo sassolino gli parrà alto quanto l'Imalaia. In me avviene il contrario: il mio sguardo ha acquistato una forza spaventosa: vince qualunque distanza, traversa lo spazio... Telemaco, benché non l'abbia più riveduto da quindici anni, mai un minuto il mio occhio l'ha perduto di vista. Era bambino ancora: dal fondo delle mie peregrinazioni, l'ho visto crescere, venir su, farsi giovinetto, poi adolescente. Potrei descrivere il suo volto, il colore dei capelli, la forma degli occhi. Potrei parlare di lui come se lo avessi qui, davanti a me. Come se lo stringessi tra le braccia... Poco fa, prima che la tua voce ci separasse, stavamo assieme, io e lui. Telemaco studiava il pianoforte. Bello, lindo, pudico, vestito come i collegiali inglesi. Lo guardavo. Ci guardiamo in silenzio. Solo parlare non possiamo... Venne Mentore – curioso! costui non invecchia mai: sembra che il tempo non abbia presa su lui. A un tratto, udii la voce di lei chiamare il figliolo...

CALIPSO (*piano, dietro le spalle di Ulisse*). Telemaco...

ULISSE (*sobbalza come avesse udito la propria voce di Penelope*). Ecco: lo chiama di nuovo... l'ha chiamato ancora!... (*Guarda fisso davanti a sé, in istato di completo rapimento*) Aspettai che venisse... ma lei non venne!... Telemaco se ne andò, io continuai ad aspettare...

CALIPSO. Che importa vederla? Non ti basta sapere che ti è vicina?

ULISSE. Se ha chiamato ancora, forse verrà...

CALIPSO. Non cercare neppure di vederla, non affliggerti neppure se non senti più la sua voce. Che cos'è la voce, che cos'è l'aspetto? Lei, lei stessa, in una presenza sottile, ineffabile, continua, è con te, vicino a te, sempre.

ULISSE. Non so... È veramente? Un dio m'avvolge dentro un miraggio misericordioso?... Non so... La felicità mi inonda col suo tepore dolcissimo. Sia pure un inganno: sono contento!... Ecco: chiudo gli occhi. E se davvero è quello che ho sempre vanamente sperato, quella voce tornerà.

Ulisse chiude gli occhi, china la faccia nelle mani. Rimane immobile, ansante, in attesa. Calipso si leva dalla sedia a sdraio e, le mani tese, si avvicina a Ulisse.

MERCURIO (*esce dal lato sinistro del sipario interno, ma subito si ferma, visibilmente seccato*). Ora sì che andiamo bene: cominciano gli abbracci!

SPETTATORE (*cerca attirare l'attenzione di Mercurio*). Eccellenza!... Eccellenza!... Se vuol farsi vedere dalla signora, venga da questa parte. (*Indica il proscenio*).

MERCURIO (*non si è accorto dello Spettatore*). Ma che razza di mestiere mi tocca fare! (*Sparisce dietro il lato sinistro del sipario interno*).

Calipso chiude le braccia intorno al collo di Ulisse.

ULISSE (*rabbrividisce: leva il capo, apre gli occhi. Non appena vede Calipso, balza in piedi, la respinge con orrore*). Circe!

CALIPSO (*soffocata dallo stupore*). Circe?... Che dici?

ULISSE. Chi sei? Non sei Circe forse?

CALIPSO. Tu sei o pazzo o ubriaco!... Io, Circe?

ULISSE. Vuoi negare?... Ah, tutto è crollato!... Strega! due volte strega!... Hai voluto, hai osato contraffare la parte di...

CALIPSO. Guardami! Osa ripetere che sono Circe! Non mi conosci? non mi avevi guardata da tanto tempo che sei qui?

ULISSE. Mai!... E perché ti avrei guardata? che m'importa di te?... Oh, la realtà mi strozza, mi afferra alla gola, morde come mastino!

CALIPSO. Sono Calipso, io!

ULISSE. Che importa il nome? (*La guarda come se la vedesse per la prima volta*) Eguali, eguali tutte!... Non solo tu, non solo Circe, ma tutte, tutte le donne; e quelle che conobbi, e quelle che non incontrerò mai: tutte le veggo, l'intero popolo delle donne, stendersi, carovana immensa, eguali, simili, spaventosamente identiche!

CALIPSO. Ma tu sei matto! sei matto!

ULISSE. Lei sola!... Lei!... E tu hai osato insinuarti nel mio sogno... Ladra! (*La guarda con orrore, fa per andarsene: Calipso gli afferra le mani, lo trattiene*).

CALIPSO. Ulisse, ti prego, torna in te! Guardami, dimmi che mi riconosci!

ULISSE. Voce, sguardo, aspetto: tutto simile, identità mostruosa!

CALIPSO (*si butta in ginocchio*). Guardami! Guarda queste mani che hanno sanato le tue ferite!

ULISSE. Lasciami! (*Tenta liberare le mani*).

CALIPSO. Guarda questi occhi che hanno vegliato su te mentre tu dormivi vicino alla morte!

ULISSE. Lasciami!

CALIPSO. Guarda queste labbra che ti hanno baciato come labbra di madre e di sorella! (*Ulisse tenta di nuovo liberarsi: Calipso gli si avvinghia addosso*) Non partire! Abbi uno sguardo anche per me!... Il mio cuore è asciutto, giallo come le foglie morte... Non partire, Ulisse! Tu solo mi sei rimasto. Nel perpetuo autunno in cui sono imprigionata, tu sei la mia ultima gioia, la mia ultima speranza... Non partire!... Chiudi col tuo petto generoso lo spaventoso orizzonte. Se un poco ti scosti da me, io veggo, di là, stendersi, vasto, infinito, l'arido inverno! (*Supplice, disperata, piangente, bacia le mani di Ulisse: questi, commosso suo malgrado, china il mento sul petto*).

MERCURIO (*viene dal fondo della platea, sale sul palcoscenico dalla parte del sipario chiuso, si spor-*

ge a guardare dentro il salotto di Calipso). Prima che abbiano finito, ce ne vorrà!

SPETTATORE (*sottovoce a Mercurio*). Si faccia avanti, eccellenza, si faccia avanti.

MERCURIO (*nemmeno stavolta si è accorto dello Spettatore*). E io aspetto qui come un imbecille! (*Si nasconde dietro il lato sinistro del sipario interno*).

CALIPSO (*sempre accasciata ai piedi di Ulisse, con voce appena percettibile e rotta dai singhiozzi*). Perché cercare la felicità così lontano?... Poco fa – rammenti? – benché fosse questa mia stessa voce che ti parlava, tu, felice, vedesti la tua speranza, il tuo sogno convertirsi a poco a poco in...

ULISSE (*si erge terribile*). Ah, perfida! Quale orrendo proposito nascondi in te?

CALIPSO (*vedendosi perduta*). Ulisse!... No, Ulisse!

ULISSE (*la respinge con orrore*). Le tue parole mi hanno strappato di dosso quella fragile compassione che il tuo pianto...

CALIPSO. Ulisse!

ULISSE. Via! (*Nel respingerla, la butta a terra*) Il mare, nudo e avaro, è più pietoso. (*Fugge sul terrazzo e scompare da destra: la sua ombra, raccolta in sé, china a guardare il mare, rimane visibile sul muro dorato dai raggi obliqui del sole*).

CALIPSO. Ulisse! (*Si solleva un poco, tende le braccia*) Tutto è perduto! (*Ricade a terra*).

MERCURIO (*avanza lungo il proscenio, viene nel mezzo del salotto*). Calipso!

CALIPSO (*si volta, vede Mercurio*). Ah! (*Balza in piedi, accenna il terrazzo*) Ha visto? ha visto, quel mascalzone?... Ho dovuto cacciarlo via!

MERCURIO (*scrollando la testa*). Ho visto... ho visto.

CALIPSO (*d'un tratto, spaventatissima*). Ma lei chi è? di dove è entrato? che cosa vuole?

MERCURIO. Io... cugina... (*fa per avvicinarsi*).

CALIPSO. Non si avvicini! (*Corre al campanello e suona*).

MERCURIO (*si slancia per trattenerla*). Ferma!... Ma non mi riconosci, dunque? (*Si toglie l'elmo*).

CALIPSO (*riconosce Mercurio*). Oh!... scusa, sai!

MERCURIO. Figurati!

CALIPSO. Vestito a quel modo!

Entra la cameriera: abito nero, grembiale bianco orlato di cannoncelli, scuffietta di pizzo sulla testa.

CAMERIERA. Ha suonato, signora?

CALIPSO (*alla cameriera*). Sì: preparate il caffè per il signore. (*Indica Mercurio*).

CAMERIERA. Subito, signora. (*Esce*).

CALIPSO (*a Mercurio*). Dunque, racconta, come va? Ti sei dato all'aviazione?

MERCURIO. Che vuoi, bisogna seguire il progresso.

CALIPSO. Ma bravo! bravo! (*Va verso la sedia a sdraio*) Vieni qui che chiacchieriamo un po'.

MERCURIO. Senti, cugina, ho i minuti contati.

CALIPSO. Eh, quanta fretta! Sei appena arrivato e vuoi già andartene?

MERCURIO. Non fosse... non avessi da...

CALIPSO (*lo prende dalla mano per farlo sedere*). Siedi un momento.

MERCURIO. Prima, ti dovrei dire una cosa... una cosa molto importante... farti l'ambasciata di cui...

CALIPSO. Mi vuoi parlare?
MERCURIO. Sì, dovrei, ma... non qui.
CALIPSO. Come sei diventato misterioso!
MERCURIO. Non vorrei... (*accenna il terrazzo...*) che «lui» ci sentisse.
CALIPSO. Il capitano?... e che importa?
MERCURIO. È proprio di lui che ti debbo parlare.
CALIPSO (*messa in sospetto*). Di Ulisse?... Vieni. (*Lo prende in disparte. Mercurio sussurra alcune parole a Calipso: costei caccia un grido*) Ah!... Perfidi! malvagi!
MERCURIO (*cercando calmarla*). Senti, cugina...
CALIPSO. Egoisti! Che male vi facevo, io?
MERCURIO. Ti prego, cugina!
CALIPSO. Ridurmi sola, abbandonata da tutti! Cattivi! cattivi! cattivi!
MERCURIO. Hai torto di prendertela con me!
CALIPSO. Eccoli i parenti! ecco il bene che ti fanno! Tutti invidiosi! crudeli!
ULISSE (*si affaccia alla vetrata*). Che succede? che ha la signora?
MERCURIO. Venga qui, capitano, le spieghi anche lei.
CALIPSO. No! no!... Portatelo via! Non lo voglio più vedere! non voglio più vedere nessuno! nessuno! nessuno! (*Cade a terra, svenuta*).
ULISSE (*a Mercurio*). Ma che le ha fatto? che le ha fatto?
MERCURIO (*occupato a soccorrere Calipso*). Senta, capitano, non ci perdiamo in spiegazioni inutili.
ULISSE. E lei... lei chi è? che fa qui dentro?
MERCURIO. Nemmeno questo ha importanza: parta subito! se ne vada!

ULISSE. Un ordine?

MERCURIO. Non è un ordine: è un suggerimento, un consiglio; l'ordine, caso mai, viene da tutt'altra parte.

ULISSE. Con quale autorità?

MERCURIO. Lei mi sta guastando ogni cosa. Creda a me: se ne vada immediatamente!

ULISSE. Ma...

MERCURIO. Profitti di... (*indica Calipso svenuta*) Sarà peggio...

Si sente il fischio di un piroscafo sul mare.

MERCURIO. Senta... passa una nave. Corra, faccia i segnali, s'imbarchi!

ULISSE. E la signora?

MERCURIO. Non si preoccupi: alla signora ci penso io. (*Lo spinge verso l'uscio. Ulisse esce. Mercurio torna vicino a Calipso*) Ora mi rimane di sbrigarmela con questa poveretta. Che seccatura! (*Gira nella stanza come cercasse qualcosa*) Sapessi almeno dove sono i sali? (*Corre all'uscio, chiama*) Capitano! un momento! capitano!... (*Nessuno risponde*) Oh, sì! quello là, nemmeno il vento lo riacchiappa più. (*Ricomincia a girare per la stanza*) Bel pasticcio!

SPETTATORE (*sale sul palcoscenico*). Che cerca, eccellenza?

MERCURIO. I sali... cerco i sali... Lo sa lei dove sono i sali?

SPETTATORE. Aspetti... credo di averli visti una volta... (*va alla mensola, apre un cassetto, trova la boccetta dei sali: la porge, trionfante, a Mercurio*) Guardi, eccellenza, che fortuna!

MERCURIO. Grazie. (*Apre la boccetta, la pone sotto il naso di Calipso*).

SPETTATORE. Le sollevi un po' la testa.

MERCURIO (*solleva la testa di Calipso*). Così?

SPETTATORE. Sì, va bene. Io, intanto, faccio il massaggio ai polsi.

MERCURIO. Benedette donne!

CAMERIERA (*entra con una tazzina di caffè sopra un vassoio*). Dio mio! la signora si sente male?

SPETTATORE. Niente, niente: uno svenimento da nulla.

CAMERIERA (*guarda lo Spettatore, stupitissima*). Ma lei chi è, signore?

SPETTATORE. Non ti preoccupare, bella giovinotta: amici di casa.

CAMERIERA (*indicando Calipso*). E la lasciano così, per terra?

MERCURIO. Vieni piuttosto a darci una mano.

La cameriera, deposto il vassoio sulla mensola, aiuta Mercurio e lo Spettatore a sollevare Calipso e a coricarla sopra la sedia a sdraio.

CAMERIERA. Come è pallida la signora! Bisognerebbe slacciarle il busto.

MERCURIO. Come! porta il busto la tua signora?

CAMERIERA. Eh, capirà bene, quando si ha quarant'anni! (*Comincia a slacciare il busto di Calipso*).

SPETTATORE (*a Mercurio*). Allontaniamoci, eccellenza: non conviene... (*prende confidenzialmente Mercurio per il braccio e lo conduce in disparte*) Facciamo una volta per uno: ieri sera è toccato a me, stasera tocca a lei.

MERCURIO. Ieri sera, che cosa?

SPETTATORE. Già! ieri sera... (*resta un poco sospeso*) Veramente non ricordo bene se fosse ieri sera, o un minuto fa, o dieci anni addietro... Sa, in questo ambiente un po' strampalato... Beh, non ha importanza! Si figuri un po' – e sempre per quella canaglia del capitano – una scena! una scena!... Quella povera signora Circe, dopo avere pianto, pregato, supplicato... alla fine, sul parapetto di quel palco là... (*viene sul proscenio per indicare a Mercurio il palco in cui Circe è caduta in deliquio alla fine del primo atto. Ma mentre torna verso Mercurio per continuare il discorso, il sipario interno gli si chiude davanti. Lo Spettatore rimane immobile, perplesso, sul proscenio*) Un'altra volta!... Un'altra volta mi chiudono il sipario davanti al naso!... Questo poi è troppo! Ma, giuraddio! stavolta mica glie la passo così liscia... (*grida verso il sipario*) Aprite! aprite! (*Nessuno risponde*) Ah, così?... Staremo a vedere! Già, credono che me la digerirò in silenzio, come la prima volta... Oh! oh! sbagliano, e di grosso!... Vedremo chi è più cocciuto!... (*Grida*) Aprite!... E scommetto che stanno a guardarmi di là dietro e a ridere alle mie spalle!... Fate, fate pure!... Tanto io non mi muovo di qui! Non mi muovo nemmeno dovesse crollare il mondo! (*Agitatissimo, furibondo, comincia a passeggiare davanti al sipario chiuso*) Vedremo!... vedremo chi la spunta!... (*Guarda l'orologio*) Perdio! qui andiamo per le lunghe!... (*Grida*) Aprite!

aprite! Fanno finta di non sentire... Ah, non volete aprire?... Ora vi faccio vedere io! (*Afferra le due estremità del sipario e lo spalanca*).

TERZO QUADRO

Sala nel palazzo di ALCINOO, *re dei Feaci. In alto, tre finestre rettangolari, aperte sul cielo vespertino. A sinistra, porta grande e massiccia, armata di potenti serrami. A destra, il Re e la corte, seduti in semicerchio. Nel mezzo,* ALCINOO: *vecchio, nobilissimo d'aspetto, lunga barba bianca, mani pallide e scarne, giacca scura con rosetta all'occhiello, calzoni a scacchiera, ghette color mandorla, un plaid sulle ginocchia. Alla destra del Re, la* REGINA: *signora d'età, dignitosissima, capelli bianchi spartiti in due bande con scriminatura centrale, abito accollato, molte file di catene sul petto. Alla sinistra del Re, il* PRINCIPE EREDITARIO: *giovanotto simpatico e disinvolto, baffetti a spazzola, abito sportivo. Poi, via via, ministri, dignitari, gentiluomini di corte, tutti in redingote. Dietro la poltrona del Re, due ufficiali in alta uniforme, ritti sull'attenti, sottogola abbassato, sciabola nuda sulla spalla. Ai lati estremi del semicerchio, due lampade su alti steli di bronzo*

ULISSE (*ritto nel mezzo della scena e volto alla corte, termina la narrazione delle proprie avventure*) ...finché l'onda, non so se più pietosa o crudele, che mi buttò su questo lido...

SPETTATORE (*che appena ha aperto il sipario, si è trovato improvvisamente davanti alla corte di*

Alcinoo). Uh! quanta gente! (*Si fa piccolo piccolo, scende in platea, torna a sedere in poltrona*).

ALCINOO (*si è accorto della presenza dello Spettatore sul palcoscenico e fa cenno a Ulisse di fermarsi*). Un momento, capitano. (*Mostra col dito il luogo dove stava lo Spettatore*) Là c'era qualcuno.

MINISTRI. Dove, Maestà?

PRINCIPE EREDITARIO. Che hai visto, papà?

Guardano tutti.

ALCINOO. È apparso, è rimasto un attimo a guardarci, è sparito.

MINISTRI, DIGNITARI, GENTILUOMINI. Ma dove? dove?

ALCINOO. Là!

MINISTRI, ECC. Non c'è nessuno!

ALCINOO. Pure... La nostra vista è ancora buona. (*A uno degli ufficiali che gli stanno dietro*) Conte, vada un po' lei a vedere.

UFFICIALE (*va alla ribalta, guarda verso la sala, ma come fermato il suo sguardo da un muro*). Nessuno, Maestà, sul mio onore! (*Gira la sciabola nel vuoto, a meglio confermare le parole*).

ALCINOO. Curioso! O tornano di moda i fantasmi, o quel tale ha speciale facoltà di passeggiare dentro i muri. Pace! Non affanniamoci dietro ciò che ha particolari motivi di sfuggirci. (*A Ulisse*) Continui, capitano.

L'Ufficiale torna dietro la poltrona del Re e si rimette sull'attenti.

ULISSE. Non ho più nulla da dire. Guardatemi: in me, solitario, vedete tutto quanto il mio equipaggio. Sei cuori, dodici braccia levate contro l'ira degli uomini e l'ira degli elemen-

La corte dei Feaci

ti. Ora non più. Ulisse non ha più compagni: li ha seminati lungo la strada vorace – lembi del suo corpo. Forti, giovani, armati di speranza. Euriloco solo, il quartiermastro, Euriloco lo scontento volgeva alla sera... Euriloco! lui che, vivo, non aveva mai levato la fronte a guardare il cielo, morto, rimase fisso nelle stelle, non trovando quaggiù più nulla di mirabile.

REGINA. Accolga il Signore le anime di quei valorosi!

ULISSE. Magnanimo Re, graziosa Regina, Altezza, Eccellenze, Signori! voi conoscete, ora, la storia di Ulisse. La terra, nostra terribile genitrice, non nutre altro uomo che abbia sperato quanto ho sperato io, che abbia desiderato quanto ho desiderato io, che abbia sofferto quanto ho sofferto io.

ALCINOO. Per quello che è della speranza, disapprovo la forma passata.

ULISSE. La speranza, Sire, è la mia peggiore nemica: la temo più che la morte.

ALCINOO. Hai torto, capitano.

ULISSE. Sire, ti ho mostrato il mio animo a nudo. Sento un'ombra di vergogna. Perdona! Non ho più quella fermezza che una volta mi sorreggeva pur tra le peggiori traversie. Sono debole, ridotto a nulla. Quel poco di coraggio che mi restava ancora quando ero nell'isola di Calipso, anche quel poco se n'è andato. Non posso né comandare né volere; non oso più nemmeno sperare... Signori, la preghiera che rivolgo a voi, bimbo, avrei arrossito di rivolgerla a mia madre. Signori, voi che mi guardate, che mi ascoltate, che mi giudicate: datemi la vostra compassione! (*Affranto, sfinito, china il mento sul petto e rimane muto, immobile davanti alla corte dei Feaci, corsa da un brivido di commozione*).

ALCINOO. A uomini come Ulisse, non si offre compassione. La nostra figliola ti ha raccolto sulla spiaggia, ti ha condotto nella nostra casa perché tu riceva quell'ospitalità, quegli onori che si debbono a un re, a un eroe.

ULISSE. Sire, tu parli di un Ulisse che non è più.

ALCINOO. Ulisse è più che mai Ulisse. Molto hai sofferto: d'ora innanzi non penserai alle sofferenze patite, se non per meglio assaporare la felicità che ti aspetta.

ULISSE. Ti prego, non lusingare il più infelice dei mortali!

ALCINOO (*si leva in piedi*). Noi, Re dei Feaci, facciamo solenne promessa: Ulisse non lascerà i nostri lidi, se non per fare ritorno nella sua patria! (*A coloro che gli stanno intorno*) Siete con noi, signori?

TUTTI (*levandosi in piedi*). Viva il Re! viva il capitano Ulisse!

REGINA (*a Ulisse*). Se il Re, mio signore, stabilisce il giorno della vostra partenza, sarò lieta di sommettere la gioia che la vostra presenza ci procura, alla necessità del vostro bene.

ALCINOO (*alla Regina*). Non è voce più cara e autorevole della tua, o amatissima, che possa esprimere i sentimenti del nostro cuore. (*A Ulisse*) Capitano, sei padrone in questa casa: stabilisci tu stesso il giorno e l'ora.

ULISSE. Non è passato mattino in cui la promessa del ritorno non fosse spuntata al mio orizzonte; non è passata sera in cui quella promessa non fosse caduta nell'oscurità, assieme col sole.

ALCINOO. Non giudicare il presente dal passato. (*Al Ministro della Marina*) Eccellenza, ella disponga affinché la nave più ratta della nostra flotta sia messa in istato di salpare.

MINISTRO DELLA MARINA. Sarà fatto, Maestà!

PRINCIPE EREDITARIO. Chiedo l'onore di prendere il comando. (*Al Re*) Me lo concedi?

ALCINOO. Sarò lieto di affidare nelle mani di mio figlio, la vita del glorioso Ulisse.

ULISSE (*come svegliandosi da un sogno*). È vero, dunque?

MINISTRO DELLA MARINA (*a Ulisse*). I vostri ordini, capitano?

ULISSE. Potrò rivedere la patria, mio figlio, Penelope?...

ALCINOO (*a Ulisse*). Quando?

ULISSE. Quando?

ALCINOO. Tra due giorni?

ULISSE. Due giorni?...

ALCINOO. Prima?... Vuoi prima?... Domani?

ULISSE. Domani?...

ALCINOO. Domattina, se vuoi.

ULISSE (*rimane sospeso, trasognato; poi, d'un tratto, si slancia verso Alcinoo*). Subito!

ALCINOO. Subito?... In questo momento?... Ma...

ULISSE. Ti prego, signore! Subito! Ti prego! Non negarmi questo favore! Domani non so che potrà avvenire. Il destino mi è nemico!

ALCINOO. Ma, Ulisse...

ULISSE. No! Non negare! Sire, ti prego! ti supplico! Guarda: io, re nella mia terra come tu nella tua, bacio i tuoi piedi! (*Si butta in ginoc-*

chio, abbraccia le gambe di Alcinoo. Commozione generale).

Improvvisamente, nella terza finestra a sinistra, appare la faccia luminosa di Minerva.

MINERVA (*con voce terribile*). Ulisse! Ulisse! Ulisse!

Ulisse balza in piedi, si volta, vede la dea: rimane immobile, incantato. Perplessità dei Feaci.

TUTTI. Miracolo! Miracolo!
ALCINOO. Chinate la fronte! copritevi la faccia!

Tutti si curvano e coprono la faccia con le mani. Ulisse continua a guardare la dea, incatenato dal fascino dello sguardo divino. Poi, il suo corpo comincia a oscillare, a piegarsi lentamente. Infine, i ginocchi cedono: Ulisse cade a terra, addormentato. La luce illanguidisce sul volto di Minerva: si spegne al tutto. La finestra rimane vuota, contro il cielo notturno. Silenzio.

ALCINOO (*poco dopo con voce bassissima, tremante, dice*). Alzate la fronte!

I Feaci si scoprono la faccia: veggono Ulisse a terra.

TUTTI. Morto! Morto!
ALCINOO. No: dorme per volontà di una forza sovrumana. (*Agli ufficiali*) Preparate un letto nel mezzo della sala. (*Gli ufficiali dispongono quattro scanni nel mezzo della scena*) Adagiatevi il capitano. (*Gli ufficiali sollevano Ulisse da terra e lo depongono sul letto improvvisato*) Copritelo con questa coperta. (*Porge il plaid agli ufficiali, che lo spiegano e ne ricoprono Ulis-*

se) Quando saremo tutti usciti... (*agli ufficiali...*) voi, signori, chiuderete la porta e consegnerete le chiavi a noi.

UFFICIALI (*chinando la testa e battendo i tacchi*). Maestà!

ALCINOO. In questa sala consacrata dalla presenza di un dio, nessuno si attenti a porre piede, prima che noi abbiamo deliberato sul da farsi. (*Al Primo Ministro*) Ella, eccellenza, provveda affinché le nostre disposizioni sieno rigorosamente rispettate.

MINISTRO (*inchinandosi*). Sire!

ALCINOO (*alla Regina*). Vieni, amatissima. (*Le offre il braccio*) Signori, andiamo.

Al seguito del Re, della Regina e del Principe Ereditario, tutti quanti, ministri, dignitari, gentiluomini di corte e ufficiali, escono in fila. Richiusi i pesanti battenti della porta, si sente lo scricchiolio della chiave girata nella toppa. Poi, silenzio.

SPETTATORE. Incredibile! In quali guai mi sarei cacciato, se non fossi stato lesto a scendere di lassù! Dio mio! Dio mio! (*Rabbrividisce al pensiero dello scampato pericolo*) Che soddisfazione sentirsi al sicuro! (*Si frega le mani*).

La porta si apre lentamente e senza rumore; armata di tutto punto, con elmo, corazza e lancia Minerva entra nella sala e si va a fermare dietro il letto di Ulisse. Considera lungamente il dormiente poi, con voce bassissima, dolce, chiama

MINERVA. Ulisse!...

ULISSE (*si scioglie a poco a poco dal sonno, apre gli occhi, alza il capo, si leva a sedere, ma sempre rivolto verso la platea. Guardando fisso davanti a sé, come se continuasse a sognare, dice*). Chi mi ha chiamato?... Voce sovrumanamente dolce!... Dovrei affondare nel passato, riudire la voce di colei che mi svegliava dall'innocente sonno dell'infanzia...

MINERVA. Ulisse!

ULISSE (*si volta, vede la dea e, attonito, balza in piedi*). Ah!... (*Guarda Minerva in silenzio. Poi, con voce tremante di spavento e di meraviglia*) La sola morte, credevo parlasse dietro le spalle. Voce come la tua, non s'immagina possa venire da tergo... Chi sei?

MINERVA. In sogno, ti ho suggerito la partenza dall'isola di Circe. Settima nella tua nave, ti ho secondato a vincere il mare strangolatore. Mentre tu, dimentico di ogni dignità e di ogni prudenza, impetravi dal Re il pronto ritorno in patria, ho frenato la tua folle impazienza, profondandoti nel sonno.

ULISSE. Tu... Oh!... (*Indietreggia, invaso di sacro sgomento*).

MINERVA. Non temere, Ulisse. Non vengo fiera a te, ma benigna. Solo per guidarti sono scesa quaggiù. Più che mai hai bisogno del mio aiuto. A nulla ti è valsa la lunga esperienza dei pericoli e delle sofferenze: il tuo animo serba intatta la fragilità, la temeraria fiducia dell'infanzia... Guardati, Ulisse! I pericoli traversati, sono nulla in confronto al pericolo che ti aspetta! Frena la tua impazienza, cingi di ferro il tuo cuore, armalo all'urto del più tremendo disinganno!

ULISSE (*guardandola con somma ammirazione*). Come parli!

MINERVA. Queste parole te le dico come a uno si mette il coltello in mano.

ULISSE. Ma io non temo... non temo più.

MINERVA. Sii cauto!

ULISSE. La tua sola presenza è bastata a svelarmi un mondo mirabile e sconfinato. Tutto ho dimenticato nel vederti. Chi sei?

MINERVA. Non cercare di conoscere più di quello che ti ho detto.

ULISSE. Misteriosa guerriera! questo ferro che ti veste tutta protegge ma non cela la grande dolcezza che fiorisce in te!

MINERVA (*severa*). Ulisse!

ULISSE. Tu mi chiami per nome, io non debbo conoscere te!

MINERVA. No!

ULISSE. Vederti come in sogno, non mi basta: madre o sorella, svelati!

MINERVA. No!

ULISSE. Devi essere bellissima: bella come il suono della tua voce. Sul tuo volto saranno segnate le tracce del mio lungo desiderio... Lasciati vedere!

MINERVA (*minacciosa*). Non ti avvicinare!

ULISSE. Perché prolungare la mia nostalgia?

MINERVA. Bada a quello che fai!

ULISSE. In sogno non possiamo toccare la felicità che ci brilla davanti: ma tu sogno non sei!

MINERVA (*sempre più minacciosa e sdegnata*). Bada Ulisse!

ULISSE. E allora perché svegliarmi? Amorosissimo era il tuo richiamo... Non tenere più sospeso il mio cuore!

MINERVA. Ti avverto ancora: bada!

ULISSE. Guarda: butto la mia anima ai tuoi piedi! (*Tende le mani per abbracciarla: Minerva indietreggia, lo fulmina con l'occhio terribilmente acceso*).

MINERVA. Dormi! Dormi! Dormi! (*Dominato dallo sguardo della dea, Ulisse china a poco a poco la testa, si piega a mezzo il corpo: in fine, tramortito, cade sul letto*) Dormi! Dormi! Dormi!... (*La voce di Minerva, terribile in principio, si placa via via e raddolcisce*) Dormi! Dormi! Dormi!... (*Dolcissima*) ...o mio diletto! (*Lo guarda a lungo*) Ecco: non vede più, non sente più, non sogna neppure... Povero Ulisse!... E lo potevo salvare!... (*Ha un impeto di rabbia contro se stessa*) Ah, figlia della sterilità e del gelido cuore! (*Torna a guardare Ulisse*) Ma domani, forse... Adesso dormi! dormi, o mio stanco eroe! (*Raccoglie il plaid e ricopre il dormiente. Si china e lo bacia sugli occhi*) Buonanotte, Ulisse! (*Si erge minacciosa, sbatte l'asta sul piantito*) E ora guai all'incauto, uomo o donna, che s'attentasse a fargli del male!

Appoggiata all'asta, immobile come sentinella, rimane a vegliare Ulisse addormentato. Si chiude lentamente il sipario

FINE DELL'ATTO SECONDO

ATTO TERZO

Nella casa di ULISSE, *in Itaca*

Aperto il sipario principale, la scena rimane chiusa dal sipario interno. Presso il lato sinistro dell'arco scenico, MINERVA, *armata e corazzata, ritta come statua sopra uno zoccolo di marmo. Ai piedi della dea, il lungo mantello nero di* MENTORE. *Nel mezzo del proscenio, la giacca e il berretto di* ULISSE. *La poltrona dello* SPETTATORE *è vuota. Non appena si apre il sipario principale, scoppia sulla scena un assordante crepitare di pistolettate. Gli spari si seguono ininterrottamente, ora in gruppo, ora isolati. Assieme con gli spari, grida orrende, urli di dolore e urli di morte*

MINERVA (*eccitata dal rumore della battaglia, vibra d'ardore bellico. All'ultimo, incapace di frenarsi, balza giù dallo zoccolo e, cacciata la testa dentro la fenditura del sipario, grida con spaventosa voce*). Aoh! sangue! sangue! Uccidi! uccidi! Aoh! (*Torna di corsa sullo zoccolo, s'irrigidisce nell'atteggiamento statuario*).

Per la fenditura del sipario, entra Eumeo. Costui veste l'abito di fatica dei maggiordomi: casacca a righe bianche e turchine, calzoni neri – ma è lacero insanguinato, sconvolto. Stringe nelle mani due browning fumanti. Attraversa di corsa la scena e sparisce dietro il lato destro dell'arco scenico, per rifornirsi di cartucce.

MINERVA (*uscito Eumeo, scende dallo zoccolo, torna davanti al sipario, lo socchiude, grida*). Aoh! non dar tregua: uccidi! uccidi! (*Risale di corsa sullo zoccolo. Eumeo rientra, traversa la scena. Non appena questi è sparito dietro il sipario, Minerva torna di corsa nel mezzo del proscenio*) Calpesta la linfatica pietà! Dissetati nel sangue! Ubriacati di morte! Aoh! (*Torna sullo zoccolo. Entra Telemaco: scarmigliato, in camicia, lacero, con due enormi pistole a rotazione in mano. Traversa il proscenio di corsa, sparisce dietro il lato destro dell'arco scenico, per rifornirsi lui pure di cartucce. Minerva scende dallo zoccolo, grida*) Morte e sangue! Aoh! L'Averno ha spalancato la bocca al sole! Dagli pasto! Dagli pasto! Aoh! (*Torna sullo zoccolo*).

Telemaco rientra dal lato destro dell'arco scenico. Contemporaneamente, Eumeo esce dalla fenditura del sipario. S'incontrano nel mezzo del proscenio. In quell'istante medesimo, il crepitare delle pistolettate cessa improvvisamente. Silenzio. Telemaco ed Eumeo si fermano esterrefatti, uno di faccia all'altro. Si guardano con occhi sgranati da subitaneo terrore.

EUMEO. Non si sente più nulla!

TELEMACO. Nulla!

EUMEO. Telemaco...

TELEMACO. Eumeo?... (*Batte i denti per lo spavento: una smorfia simile a ghigno gli deforma la faccia*).

EUMEO. Perché ridi?

TELEMACO. Rido?... (*Scoppia in una risata irrefrenabile, isterica*).

EUMEO (*terrorizzato dal riso di Telemaco*). Telemaco!

TELEMACO. Non gridare!

EUMEO. Ho gridato?

TELEMACO (*accennando misteriosamente al sipario*). Gli elefanti!

EUMEO. Gli elefanti! Gli elefanti!... dove sono gli elefanti?

TELEMACO. A terra... a terra tutti.

EUMEO. Hai visto crollare le torri?

TELEMACO. Le torri sono ritte... mandano fumo, fumo...

EUMEO. Se mandano fumo...

TELEMACO. No!... no!...

EUMEO. Allora sono morte... (*ora è Eumeo che scoppia in un riso isterico*).

TELEMACO. Morrrrte!... Non ridere! non ridere! (*Telemaco impaurito, fa l'atto di fuggire*).

EUMEO. Dove scappi? (*Lo afferra per un braccio*).

TELEMACO. Io... io... (*immobilizzato dalla mano di Eumeo, comincia a tremare*).

EUMEO (*guardando verso il sipario chiuso*). A mucchi... Agnelli scannati... Sangue, serpenti rossi... Qualcosa si muove, spunta una mano... Ecco: fiore di fuoco. Senti!

Stretti uno contro l'altro, tendono l'orecchio: silenzio.

TELEMACO. Nulla!...

EUMEO. Le armi non hanno più voce; hanno chiuso l'occhio... Hai visto come guardano?

TELEMACO (*vede a terra la giacca di Ulisse*). Papà! (*Si precipita sulla giacca, la solleva*).

EUMEO (*guarda la giacca*). Il capitano!

TELEMACO. Vuota!... (*Lascia cadere la giacca con raccapriccio*).

EUMEO. Chiamalo!

TELEMACO. C'è rumore.

EUMEO. Dove senti rumore?

TELEMACO. Non si sente nulla... Va', Eumeo! (*Lo spinge verso il sipario*).

EUMEO. Va' tu! (*Cerca a sua volta di spingere Telemaco verso il sipario*).

TELEMACO. No... tu!

EUMEO. Tu!

Lottando, trascinandosi, spingendosi a vicenda, arrivano davanti al sipario: questo a un tratto si fende nel mezzo e appare Ulisse, lordo di sudore e di sangue, col maglione lacero, stringendo in pugno due rivoltelle. Telemaco ed Eumeo gli si precipitano addosso.

TELEMACO. Papà! papà!

EUMEO. Signore! signore!

MINERVA (*tra sé*). Povera gente!

ULISSE (*respinge Telemaco ed Eumeo poi, teso il braccio a indicare il sipario, dice con tono di comando*). Aprite!

Eumeo e Telemaco, curvi, soggiogati dalla voce di Ulisse, afferrano ciascuno un lato del sipario interno e l'aprono. L'atrio della casa di Ulisse, in Itaca. A destra, grande uscio che dà negli appartamenti di Penelope. Un assito, alto circa 1.80 e altrettanto lungo, nasconde la parte inferiore dell'uscio. In fondo, a destra e di sghembo, grande vetrata cui s'accede per tre gradini. Dietro la vetrata chiusa, un terrazzo che strapiomba sul mare. A sinistra, pure di sghembo, grande porta

Capitano Ulisse

massiccia, chiusa con sbarre di ferro. Altro uscio a sinistra, che dà nelle stanze degli uomini. Mobili rovesciati, rotti, macchiati di sangue. Larghe chiazze di sangue sul piantito. Ulisse avanza fino nel mezzo della scena. Si ferma, si volta verso la parete di destra, indicando l'uscio che dà negli appartamenti di Penelope.

ULISSE. Annunciate alla Regina che Ulisse è tornato!

EUMEO (*accenna i mobili rotti, le macchie di sangue*). Ma... signore... questo sangue...

TELEMACO (*volge intorno uno sguardo da pazzo*). I cadaveri!... i cadaveri!... Dove sono i cadaveri?...

ULISSE (*tesa la mano a indicare l'uscio*). Andate ad annunciare alla Regina che Ulisse è tornato!

Eumeo e Telemaco, soggiogati un'altra volta dalla ferma voce di Ulisse, traversano la scena, scompaiono dietro l'assito. Si vedono i battenti dell'uscio che dà negli appartamenti di Penelope aprirsi e rimanere spalancati.

ULISSE (*si pianta risolutamente nel mezzo della scena, larghe le gambe, e fissa l'uscio come guerriero che aspetta l'urto dell'avversario. Poco dopo il suo coraggio comincia a vacillare*). Quell'uscio è terribile!... Perché rimane muto e cieco?... Quanto spaventosa è l'attesa della felicità... (*come avesse scorto qualcosa*) Ecco!... (*Trema tutto*) No! (*Eumeo rientra*) Ebbene?

EUMEO. Verrà.

ULISSE (*lo fissa, interrogatore*). Nient'altro? (*Eumeo allarga le braccia, a significare che non ha nient'altro da dire. Ulisse ricomincia a fissare l'uscio*) I pericoli, le traversie, le sofferenze innumerabili che mi hanno condotto davanti a questa soglia, erano giochi... (*colto da improvviso terrore, si copre il viso col braccio ripiegato; grida*) Eumeo, chiudi quell'uscio!

Eumeo, perplesso, non si muove. Sotto il terrazzo, spuntano due mani scarne che annaspano nel vuoto. Al seguito delle mani, spunta la testa di Euriloco, sfatta, cadaverica, le occhiaie piene di ombra, la bocca cavernosa. Il quartiermastro si aggrappa alla balaustra, si tira su con enorme fatica, come naufrago che emerge dal mare.

EURILOCO. A che ti è valsa tanta abbondanza di coraggio, se ora il tuo cuore vacilla?

Ulisse, terrorizzato, si volta a guardare Euriloco. Dal lato destro dell'arco scenico, spunta la faccia di Pàndaro, smunta e verde di corruzione.

PÀNDARO. Abbiamo dato il sangue per farti toccare la meta!

Ulisse, ansante, si volta a guardare Pàndaro. Dal lato sinistro dell'arco scenico si vede apparire Margalone che, strisciando a terra, sporge sulla scena con mezzo il corpo.

MARGALONE. Siamo morti per la tua felicità!
EURILOCO, PÀNDARO E MARGALONE. Affrontala, come noi abbiamo affrontato il Nulla!
ULISSE (*pazzo di spavento*). Che volete da me? che volete da me?... (*Si slancia sul maggiordomo*) Eumeo, caccia via questi spettri!
EUMEO (*lo guarda stupito*). Quali spettri signore?

Euriloco, Margalone e Pàndaro sprofondano sotto il palcoscenico.

EUMEO. Calmatevi signore: è per arrivare la Regina.

ULISSE. La Regina!... (*Cercando dominarsi*) Hai ragione. (*Con grandissimo sforzo, torna a piantarsi davanti all'uscio aperto*) Perché tarda?

EUMEO. Si prepara, signore... (*tende l'orecchio*).

ULISSE. Senti qualcosa?

EUMEO. Si avvicinano.

ULISSE. Eumeo!

EUMEO. Signore?

ULISSE. Ascolta. (*Il maggiordomo si avvicina*) Non ho più forza di sostenere il peso degli occhi. Le mie pupille sono di marmo. (*China lo sguardo*) Io mi appoggio a questa colonna. Tu, quando la Regina sarà qui, avvertimi.

EUMEO. Va bene, signore.

Ulisse si appoggia alla colonna, rimane immobile, lo sguardo a terra.

SPETTATORE (*arriva dal fondo della platea, frettoloso, col soprabito sul braccio e il cappello in mano*). Sono in ritardo. (*Va a sedere in poltrona. Dà un'occhiata alla scena. Si volge al vicino di sinistra*) Scusi tanto, potrebbe dirmi in poche parole quello che è successo? Ero al bar di sotto e non ho sentito il campanello del terzo atto.

SECONDO SPETTATORE (*seccato*). Peggio per lei.

SPETTATORE. Eh! che modo! mica le ho parlato su questo tono, io!

SECONDO SPETTATORE. Ma, per Dio santo! viene a distrarmi sul più bello!

SPETTATORE (*messo in curiosità*). Davvero?... Dica! dica! Sia gentile! Che aspetta il capitano?

SECONDO SPETTATORE. Aspetta...
EUMEO (*annuncia con voce stentorea*). La Regina!

Si suppone che Penelope, entrata nell'atrio, si sia fermata dietro l'assito. Silenzio. Ulisse non si è mosso. Eumeo gli si avvicina e, sottovoce, ripete

EUMEO. Signore, la Regina è qui!

ULISSE (*lentissimamente, leva lo sguardo. Poi, altrettanto lentamente, volge il capo, guarda: nell'istante medesimo, caccia un urlo spaventoso*). No!!! (*Traballa, come se la terra gli tremasse sotto i piedi*) No!!! (*Afferra Eumeo per il braccio*) Chi è quella donna?

EUMEO (*lo guarda con stupore*). È la Regina, signore; è Penelope, la vostra consorte.

ULISSE (*torna a guardare verso l'assito, poi si volge con violenza a Eumeo*). Va' via!... Perché mi s'inganna?... Dov'è Penelope? (*Gira lo sguardo intorno, come cercando una persona che non c'è. Dietro l'assito si leva un confuso clamore*).

EUMEO (*si approssima timidamente a Ulisse*). Signore... voi soffrite!

ULISSE (*comincia a girare come belva sulla scena*). Dov'è Penelope?... dov'è Penelope?... La nascondono!... la tengono prigioniera!

EUMEO. Signore... la vostra mente...

ULISSE. Soppressa... fatta sparire!...

EUMEO. Offuscata...

ULISSE. E il sangue che ho sparso?... No: mi sono lasciato nemici dietro le spalle... i più terribili!... (*Si slancia su Eumeo*) Tu!... È opera tua, questa! (*Lo afferra alla gola*) Parla! confessa! che hai fatto di Penelope?

EUMEO (*piegato dalle mani di Ulisse, cade in ginocchio davanti a lui*). Signore!

ULISSE. Dov'è?
EUMEO. Se ancora credete...
ULISSE. Parla!
EUMEO. ... alla fedeltà del vostro vecchio servo...
ULISSE. Dov'è?

Eumeo incapace di parlare, tende la mano a indicare l'uscio di destra.

ULISSE (*guarda in quella direzione: rimane come impietrito, afono. Allenta la stretta intorno al collo del maggiordomo, le braccia gli ricadono inerti. Dopo alcuni secondi di silenzio, con isforzo grandissimo, domanda a Eumeo*). E tu... tu, chi sei?
EUMEO (*levandosi lentamente da terra*). Io, signore?...
ULISSE. Tu sei Eumeo... Vedi? ti riconosco... Eumeo!
EUMEO. Signore?
ULISSE. E io... io, chi sono?
EUMEO. Voi, signore?... Voi siete Ulisse, il capitano, il re di questa città.
ULISSE (*trasognato*). Io sono Ulisse?... Allora i miei occhi non sono gli occhi di Ulisse... allora i miei occhi non rispecchiano più se non quello che la mente non vorrebbe vedere... Eumeo!
EUMEO. Signore?
ULISSE. Eumeo, ascolta: prega la Regina che si avvicini... È la Regina, no?
EUMEO. La Regina!
ULISSE. Pregala... Il fuoco che ora mi acceca, forse si diraderà... Va', Eumeo.

Eumeo traversa la scena, sparisce dietro l'assito. Silenzio. Improvvisamente, brilla nella sala un riso chiaro, eguale, prolungato: Minerva, ritta sullo zoccolo, vibrando impercettibilmente come foglia di pioppo a un vento leggerissimo, ride.

ULISSE (*si volta, spaventato*). Chi ride?

EUMEO (*assieme con Telemaco e alcuni uomini usciti di dietro l'assito, circondano Ulisse*). Nessuno ha riso, signore.

ULISSE. Nessuno?

TELEMACO. Hai sentito ridere, papà?

UOMINI. Nessuno! Nessuno!

Ulisse, perplesso, guarda coloro che lo circondano.

VOCE DI PENELOPE (*dietro l'assito*). Vedete? Non mi ero ingannata: costui è pazzo!

ULISSE. Pazzo?! (*Resta un istante immobile, poi d'un tratto, slanciandosi verso il portone chiuso, grida*) La verità!... la verità... ecco la verità!

TELEMACO (*gli si precipita dietro*). Papà!

EUMEO (*rincorrendo Ulisse*). Signore! dove correte?

ULISSE. Via! via! lasciatemi! lasciatemi partire!

UOMINI (*rincorrendo tutti assieme Ulisse*). Dove andate signore? Fermatevi! fermatevi!

Telemaco, Eumeo e gli altri circondano Ulisse nel fondo della scena e lo fermano.

VOCE DI PENELOPE. Costui è pazzo, non vedete?... Un epilettico, un forsennato!

TELEMACO. Mammà!

VOCE DI PENELOPE. Se pur non è un simulatore!

TELEMACO. Mammà! (*Si slancia verso l'assito, ma si ferma non appena Penelope ricomincia a parlare*).

VOCE DI PENELOPE. Tu lo sai bene, Euriclea: voi tutti lo sapete: dieci uomini, dieci vagabondi si sono presentati in questa casa, ognuno dei quali asseriva di essere Ulisse.

EUMEO. Ma li abbiamo smascherati subito, Regina!

VOCE DI PENELOPE. Anche costui lo smascherarò!

Ulisse si passa le mani sulla faccia, con gesto di profondo terrore.

VOCE DI PENELOPE. Più audace degli altri, ha osato sconvolgere la mia casa, ha sparso il sangue dei miei ospiti!

Pronunciata questa frase, Penelope – replica fedelissima di Circe e di Calipso – esce di dietro l'assito, seguita da Euriclea e da altre donne. Avanza, tesa minacciosamente la mano verso Ulisse, e si ferma a pochi passi da lui.

PENELOPE. Scacciate questo uomo dalla mia casa!

TELEMACO. Che hai detto, mammà!... (*Indica Ulisse*) Ma non lo vedi, dunque? non lo riconosci?... Guardalo! guardalo! guarda chi è!... (*Torna verso Ulisse*) Oh, papà! papà!

PENELOPE (*a Telemaco*). Scostati da questo uomo! costui non è tuo padre!

Telemaco scoppia in pianto.

EUMEO. Signora!

TUTTI. Regina! Regina!

PENELOPE. Ulisse è morto!

TUTTI. No!

SPETTATORE. E quando lo dicevo io, quello scemo di Mentore voleva mangiarmi vivo!

TELEMACO (*balbettando*). Simile parola... mammà... dalla tua bocca!... (*S'inginocchia davanti al padre, gli abbraccia le gambe*).

ULISSE (*scosta Telemaco, senza guardarlo*). Tua madre ha detto bene: Ulisse è morto. (*Tace. Dopo alcuni secondi, ricomincia con voce piana, lentissima, in istato di rapimento*) Ulisse è esistito molti, molti anni addietro... Ricordo: era giovine. Forti le sue braccia, più forti le sue speranze... Un giorno, quell'uomo audace, fidente, temerario, andò nella casa di re Icaro e tolse sua figlia in isposa... Ah, quale gioia irruppe nel petto di Ulisse! gioia così smisuratamente grande, che lui, geloso di perderla, volle circondarla con un inviolabile riparo. (*Guarda coloro che lo circondano*) Chi di voi è più anziano?... (*Ferma lo sguardo sul maggiordomo*) Tu, Eumeo: tu certo rammenti. In mezzo a questa casa... (*indica la parete di destra...*) sorgeva un ulivo antichissimo, tarchiato, muscoloso. Ulisse, con le sue stesse mani che in quel tempo erano liete alle fatiche più aspre, stroncò i rami nodosi, sbozzò il largo tronco e sopra l'albero mutilato – di nascosto, come un assassino – edificò il nido preziosissimo della sua felicità! Poi...

PENELOPE (*mentre Ulisse parlava ha cominciato a guardarlo con attenzione crescente, poi a tremare con violenza sempre maggiore, poi a fissarlo con occhi divoranti, in ultimo lancia un grido*). Ulisse! È vero dunque! Sei tu!... Sei tornato!!! (*Si slancia, le braccia aperte, verso Ulisse*) O mio sposo!

ULISSE (*nel vedersi Penelope improvvisamente davanti, si scuote, come destandosi da un sogno.*

Indietreggia e, le mani protese, ferma l'impeto di Penelope). Tu! (*La respinge*) Sempre tu!

PENELOPE. Ulisse!

Si ferma, perplessa, a pochi passi da Ulisse. Gli altri, stupiti, si scostano lentamente. Telemaco, immobile tra Ulisse e Penelope, guarda ora questa ora quello.

ULISSE. Sempre tu!... che piombi sul margine della mia felicità... che stronchi il mio destino... Via! via! via!

Fa per voltarsi e fuggire. Penelope gli si avvinghia addosso.

PENELOPE. L'attesa di dieci anni...

ULISSE. Quale attesa?... Mi hai perseguitato dappertutto, hai ostacolato il mio cammino...

PENELOPE. Io?... in uno spasimo continuo...

ULISSE. Ti sei frapposta... per non lasciarmi ritrovare Penelope!

PENELOPE (*indietreggia, esterrefatta*). Penelope?!... Me?!...

ULISSE. Te?... (*La fissa per qualche secondo, poi torce lo sguardo con orrore*) No! no!... Via! Intrusa! Usurpatrice!

PENELOPE (*si volge disperata alla nutrice*). Euriclea!

ULISSE (*a Penelope*). L'hai uccisa! Me l'hai strappata dal cervello!

PENELOPE. Euriclea, parlagli tu!

EURICLEA (*sorreggendo Penelope*). Signora... (*a Ulisse*) Ulisse...

ULISSE (*guarda intorno a sé, con occhio smarrito*). Non c'è più!... Non c'è più!...

PENELOPE (*a Eumeo*). Eumeo... anche tu! (*Gli indica Ulisse: Eumeo corre verso Penelope*).

ULISSE. Nemmeno in quella nebbia... Distante... silenziosa...

EUMEO. Signore... voi... qualcosa di terribile vi turba...

ULISSE. Non c'è più... Non c'è più!

PENELOPE (*a Euriclea*). Digli!... digli chi sono! (*A Eumeo*) Anche tu, Eumeo, digli!

ULISSE. Un punto luminoso, di fuoco, in mezzo al buio... e me l'hanno spento!

PENELOPE (*chiama a raccolta le sue donne*). Donne! Donne! (*E anche gli uomini*) Tutti!... parlate! gridate!

ULISSE. La carovana immensa, eguale, eterna, grigia...

PENELOPE. Ditegli! ditegli chi sono!

Donne e uomini circondano Penelope.

ULISSE. E lei... l'unica, la sola... non c'è più... (*cade a sedere sopra uno scanno, singhiozzando*).

TUTTI. Ulisse! Signore! Capitano! Riapri gli occhi! Guarda!... Guarda Penelope!... Guarda la tua Penelope!... Dieci anni ha aspettato il tuo ritorno! Guarda, Ulisse! Guardala!

ULISSE (*leva lentamente lo sguardo, frena i singhiozzi, e con terribile calma dice*). Costei non è Penelope!

PENELOPE (*con un urlo*). Ulisse... (*si slancia, ma subito vacilla e cade ai piedi di Ulisse*).

TUTTI. Ah!... La uccidi! la uccidi!... Ulisse!

ULISSE (*guarda per alcuni secondi Penelope in silenzio, in fine si china e la aiuta a sollevarsi*). Scusatemi, signora.

PENELOPE (*con voce bassissima, nella quale brilla un filo di speranza*). Ulisse... mi riconosci?...

ULISSE. Scusatemi. Io vengo dal mare, esco dalle lotte feroci, da una vita selvatica e piratesca. Non avevo capito. Avevo perduta la pratica delle usanze cortesi. Scusatemi. Ora comincio a capire.

PENELOPE (*con aumentata speranza*). Ulisse... sì... è vero?

ULISSE. Avevo creduto... Perché tra Ulisse e Penelope era una intesa segreta, inesprimibile...

PENELOPE. Ulisse?

ULISSE. Penelope... lei... mi avrebbe riconosciuto per segni misteriosi, per indizi sottilissimi... gli occhi...

PENELOPE. Ulisse... anch'io... anch'io ti ho...

ULISSE. Invece... i ricordi... la vita domestica... il letto coniugale... (*prorompendo improvvisamente, con ira e disprezzo*) O miseria!

PENELOPE (*spaventata*). Ma Ulisse... che hai?

ULISSE (*si alza in piedi*). Sì! infatti: sono irriconoscibile!... sudicio di sangue, di sudore...

PENELOPE. No!... Ulisse!... No! (*Tenta abbracciarlo*).

ULISSE (*la respinge con calma fermezza*). Lasciatemi... Ora ho capito!

PENELOPE. Ma... Ulisse... (*vacilla*).

EURICLEA (*a Ulisse*). Signore, guardala: tu la uccidi!

ULISSE. Credi, mia buona Euriclea?... E perché mai?... No! Ora ho capito... Ordine: ordine e decoro.

PENELOPE. Ulisse...

ULISSE. Tornate nelle vostre stanze. Lasciate che da questa faccia, da queste mani, mondi le macchie della lotta e della morte.

PENELOPE. Ulisse...

ULISSE. Più tardi, nettati e rimessi a nuovo, ci ritroveremo qui tutti quanti...

PENELOPE. Ulisse...

ULISSE. ...e con quella calma dignità che si conviene a gente bennata, festeggeremo...

PENELOPE. Ulisse...

ULISSE. ...il nostro incontro.

PENELOPE (*fa un ultimo, debolissimo tentativo per avvicinarglisi*). Ulisse...

ULISSE (*risoluto, tesa la mano a indicare l'uscio*). Andate!

TELEMACO (*fa un passo verso il padre*). Papà!...

ULISSE (*inflessibile*). Nessuno!

Penelope, sorretta da Telemaco e da Euriclea, poi Eumeo e gli altri, escono lentamente per l'uscio di destra. I battenti si chiudono. Ulisse rimane solo.

ULISSE. La fine!... Perché ti scoraggi, Ulisse? perché pensi alla morte?... Levati e ringrazia il destino! Sospiravi la meta? Eccola!... Solo che sei caduto in un leggero inganno: la casa che tu cercavi non è questa, come tutti credono e tu stesso credevi. La tua vera casa, il tuo solitario e splendido palazzo ha nome: Fine! (*Chiama disperatamente*) Penelope!... Penelope!... Penelope!... (*Sta in ascolto*) Nulla!... Non torna più!... Non tornerà mai più... Me l'hanno uccisa!... Assassini! Assassini! (*La sala si riempie a poco a poco di ombra. Ulisse va a sedere sopra uno scanno, nel mezzo della scena*) Le speranze – voraci compagne –

sono andate via: l'ultima si voltò a guardarmi, ridendo... Ora sono libero, felice: murato nella felicità, come il morto nella tomba. Nessuno più mi può toccare, ferire, nuocere... Ulisse, sei salvo! Non aspetti più nulla, non desideri più nulla... Il vuoto pietoso, il più sicuro amore.

VOCE DI CIRCE (*lontanissima*). Ulisse, tuo figlio ti ucciderà.

ULISSE (*balza in piedi*). Mi ero ingannato un'altra volta!... Non tutte le speranze sono andate via! Un filo tenue, dolcissimo, mi lega ancora alla felicità dei viventi... O mia ultima speranza, tu, almeno tu, non mi tradire! (*Si slancia in delirio verso l'uscio di destra, grida con voce terribile*) Telemaco! Telemaco!... (*Aspetta: nessuno risponde*) Anche l'ultima speranza mi ha tradito!... Ma... forse, il momento non è ancora giunto. Calmati, o terribile impazienza. (*Torna davanti allo scanno*) Eccomi: morte, mi metto nelle tue mani. Seggo, chiudo gli occhi, aspetto! (*Siede sullo scanno, il volto nelle mani*).

SPETTATORE. Va bene che si è comportato da farabutto con quelle poverine, ma vederlo ridotto in queste condizioni, fa proprio pietà. (*Sale sul palcoscenico, si avvicina a Ulisse*) Povero capitano!

Minerva scende dallo zoccolo di marmo. Lo Spettatore caccia un urlo.

SPETTATORE. Uh! la statua si muove! (*Livido, coi capelli ritti corre alla estremità del palcoscenico e s'incolla contro l'assito*).

MINERVA (*si avvicina lentamente a Ulisse, e con voce piana, dolcissima, chiama*). Ulisse!

Ulisse si scopre il viso, apre gli occhi, guarda fisso davanti a sé.

MINERVA. Sei giunto al termine del tuo pellegrinaggio. Levati in piedi: consumato il dolore più grande, comincia la tua più grande felicità!

Ulisse obbedendo passivamente alla voce di Minerva, si leva in piedi.

MINERVA. La nave è pronta. I tuoi compagni, impazienti di vederti, aspettano di levare a te e alla più grande navigazione, il loro formidabile urrah! (*Raccoglie da terra la giacca di Ulisse e glie la butta sulle spalle. Gli calca il berretto in testa*) Va', Ulisse! (*Indica il portone. Ulisse s'incammina, curvo, a rilento, come un malato. Minerva lo precede. Toglie le sbarre di ferro, apre il portone. Ulisse si ferma, guarda verso l'uscio di destra*).

MINERVA. Non guardarti dietro!... Va'!

Ulisse esce. Minerva richiude il portone, infila le sbarre negli anelli. Viene di corsa sul proscenio, si toglie l'elmo e lo depone sullo zoccolo. Afferra il mantello di Mentore e se lo butta addosso. Torna nel fondo della scena e si ferma, ritta come sentinella, davanti al portone chiuso. L'uscio che dà negli appartamenti di Penelope si spalanca: Penelope, scollata e con diadema di brillanti sulla testa; Telemaco, in frack e decorazioni; Euriclea vestita di seta; Eumeo in abito di cerimonia; le donne e gli uomini del seguito entrano in corteo.

PENELOPE. Ulisse! (*Gira lo sguardo nella sala, stupita di non trovare Ulisse*).

TELEMACO (*chiama*). Papà! Papà!

EURICLEA. Come mai il signore non è ancora tornato?

EUMEO (*a Minerva*). Professore, non ha visto il padrone?

Minerva non risponde: il suo atteggiamento suscita nei presenti un misterioso stupore.

PENELOPE. Perché questo ritardo?

EUMEO (*a Penelope*). Vado a vedere, signora?

PENELOPE. Va', Eumeo. (*Eumeo esce dall'uscio di sinistra*) Tu pure, Euriclea, va', cerca nelle camere. (*Euriclea esce dall'uscio di destra. Penelope si volge al figlio*) Possibile che tardi tanto?

TELEMACO. Non c'è ragione di preoccuparsi, mammà. (*Si avvicina a Minerva*) Professore, lei non è andato ancora a vestirsi per la cena?

Minerva non risponde: Telemaco rimane perplesso.

EUMEO (*torna da sinistra*). Il capitano non c'è!

PENELOPE (*spaventata*). Non c'è?

TELEMACO. Hai visto bene?

TUTTI. Non c'è?

EURICLEA (*torna da destra*). Ulisse non si trova!

PENELOPE. Vado io!

EUMEO. Inutile, signora: ho girato tutte le stanze.

EURICLEA. Ho guardato dappertutto.

TELEMACO. Nessuno l'ha visto?

PENELOPE. Che sia uscito?

TUTTI. Sarà uscito! sarà uscito! (*Corrono verso il portone*).

MINERVA (*si erge, minacciosa*). Nessuno si arrischi a varcare questa soglia!

PENELOPE (*perplessa, spaventata*). Perché? che succede?

TELEMACO. Professore, parli! dov'è papà?

TUTTI. Lui lo sa! Che succede?

VOCI DI MARINAI (*di fuori*). Urrah per il capitano Ulisse!

Colpo di cannone. Stupore generale.

PENELOPE. Il cannone!

TELEMACO. Papà! Papà!

TUTTI. Perché ha sparato il cannone?

MINERVA. È l'ultimo saluto che Ulisse vi manda dal mare!

PENELOPE. Partito! (*È per cadere: Euriclea la sorregge*).

TELEMACO. Papà è andato via!

EUMEO. Il capitano è partito! (*Corre alla vetrata, la spalanca e si affaccia al terrazzo. Telemaco lo vorrebbe seguire, Minerva lo ferma*).

MINERVA (*a Telemaco*). Non perdere la testa, giovinotto. Tu ora comandi in questa casa. Va' e da' ordine che si risponda con la bandiera al saluto di tuo padre!

Telemaco, obbedendo suo malgrado alla voce di Minerva, esce dall'uscio di destra. In quell'istante medesimo, Penelope scorge nella penombra del proscenio lo zoccolo vuoto.

PENELOPE. Là! là!... Anche la dea se n'è andata via!

Tutti corrono al proscenio.

EUMEO. Lo zoccolo è vuoto!

TUTTI. Sciagura! sciagura!

MINERVA (*viene nel mezzo della scena*) Mettetevi l'animo in pace. La dea, esulando da questa casa, indegna ormai di ospitarla (*...lascia cadere il manto di Mentore e si mostra nella sua splendida armatura...*) segue per più alti destini il capitano Ulisse! (*Corre al terrazzo, balza sulla balaustra, si slancia a volo nel cielo*).

Dopo un attimo di perplessità, Penelope, Euriclea, Eumeo e gli altri, si precipitano urlando al terrazzo. Chini sulla balaustra guardano in basso, verso il mare. Si chiude il sipario interno.

SPETTATORE (*che dal proscenio ha seguito l'ultima scena con attenzione vivissima, dà sfogo alla commozione e, agitando le braccia davanti al sipario chiuso, grida*). Addio, Ulisse! Addio!

Ulisse in borghese, con soprabito, cappello in testa e bastone in mano, esce di dietro il sipario interno, dal lato destro dell'arco scenico, e avanza sul proscenio.

SPETTATORE (*nel ritrovarsi il capitano davanti rimane di sasso*). Lei?... Lei?... E vestito a questo modo!

ULISSE (*con la massima calma*). Infatti.

SPETTATORE. Ma, come mai?... Non si era imbarcato? non era partito?

ULISSE. Sì: ma un pensiero, piombato nella mia mente come fulmine sopra una quercia, mi ha fatto tornare indietro.

SPETTATORE. Ma perché? perché?... Io continuo a non capire!

ULISSE. Dieci anni interi ho corso cecamente dietro un mio destino terrestre. Fidavo in una donna, in una casa, in quelle calde, confortevoli speranze che mascherano sotto un velo di dubbia santità, l'oscura fame delle generazioni... Ha veduto anche lei in che modo sono stato ripagato! Fallito il mio primo destino, un altro subito mi venne offerto, più alto e promettente: la morte memorabile!... E con ciò?... Siamo troppo astuti ormai, perché simili soluzioni ci possano contentare. Che cosa vogliono insomma questi intrusi da noi? chi ci comanda? a chi abbiamo a obbedire?... No: la pietosa ingenuità che ci faceva affidare la nostra sorte alle mani altrui, sia pure in quelle eccelse di una dea, l'abbiamo perduta. Io chiedo responsabilità piena! rifiuto qualunque ausilio!... Sa perché?... La sede precisa del mio destino, io, alla fine, l'ho scoperta: il destino noi ce lo portiamo qui, con noi, tra il panciotto e la camicia... Vuole rendermi un servigio? Annunci a tutti che la parte più solitaria, più eroica, più fatale della vita di Ulisse... (*ravvedendosi*) No: non dica nulla. È un segreto troppo pericoloso, che non conviene divulgare.

SPETTATORE. Capitano, le assicuro...

ULISSE. Grazie! Il cuore è ancora dolorante; ma quanto allo spirito, mai l'ho sentito così libero, placato, fiero come adesso... Vuole uscire con me? Ceneremo assieme, poi ognuno di noi tirerà per la sua strada e non ci penseremo più.

SPETTATORE (*infilandosi il soprabito*). Lei crede dunque, capitano, che tutto è stato detto?

ULISSE. Per gli altri, sì: ora comincia un tragico soliloquio... Ma non ci pensi! Andiamo. (*Prende lo Spettatore sotto braccio, e scendono assieme in platea*).

MINERVA (*fende il mezzo del sipario interno e si affaccia al proscenio*). Ulisse!

SPETTATORE (*si ferma, fa cenno a Ulisse di fermarsi*). Chiamano lei, capitano.

PENELOPE (*appare al sommo della galleria*). Ulisse!

SPETTATORE (*leva la mano verso il sommo della galleria*). Anche di lassù.

ULISSE (*volge lo sguardo intorno, un po' maravigliato ma tranquillo*). Hanno chiamato me?

Minerva fa per slanciarsi in platea: il sipario principale le si chiude improvvisamente davanti.

PENELOPE (*con voce disperata*). Ulisse!

ULISSE. Strano! Non ho sentito nulla. (*Si allontana, assieme con lo Spettatore, verso il fondo della sala*).

FINE DEL DRAMMA

NOTA

DI ALESSANDRO TINTERRI

Capitano Ulisse apparve in volume nel 1934 e venne rappresentato nel 1938. Ma la sua storia ebbe inizio diversi anni prima ed è legata a quel Teatro d'Arte, diretto da Luigi Pirandello, che ebbe vita effimera tra la fine del 1924 e i primi mesi del 1925, e alle vicende dell'omonima Compagnia, che a quel teatro sopravvisse. Alberto Savinio, e, in diversa misura, il fratello Giorgio de Chirico erano, infatti, tra quei giovani chiamati a raccolta, per dare vita alla nuova intrapresa artistica.
La collaborazione di Savinio al Teatro d'Arte porta il segno della multiforme versatilità del suo ingegno. Lo vediamo, infatti, coinvolto a diverso titolo nell'impresa: traduttore del libretto di Charles Ramuz per l'*Histoire du soldat* di Strawinsky, esecutore al pianoforte della «musica infernale» di accompagnamento alla *Gaia morte* di Evreinov e, infine, nelle vesti di autore della «tragedia mimica» *La morte di Niobe*, che, per la sua novità, suscitò le risentite reazioni di larga parte del pubblico.[1]
Ma la rappresentazione di *Capitano Ulisse* fu il progetto cui Savinio aveva senz'altro legato le

1. Il 28 aprile 1925 al Teatro d'Arte ebbe luogo la prima rappresentazione italiana dell'*Histoire du soldat*, replicata il giorno successivo insieme con *La gaia morte*. A sua volta l'«arlecchinata» di Evreinov ebbe una sola replica il 14 maggio, giorno in cui andò in scena *La morte di Niobe*. Per maggiori particolari si veda Alessandro d'Amico e Alessandro Tinterri, *Pirandello capocomico*, Sellerio, Palermo, 1987.

maggiori aspettative. Si trattava del suo primo lavoro drammatico, cui ne sarebbero dovuti seguire altri, se la delusione provocata dalla mancata rappresentazione non avesse allontanato il suo autore dal teatro per molti anni.

Che *Capitano Ulisse* fosse stato scritto pensando all'occasione dell'immediata rappresentazione al Teatro d'Arte non ci sono dubbi e basterebbero a confermarlo i frequenti richiami, conservati nel testo, alla struttura della sala dell'Odescalchi (sede del Teatro d'Arte). All'inizio dello spettacolo, per esempio, Euriloco siede sui gradini di una scala di comunicazione tra palcoscenico e platea. Sembra ovvio che Savinio pensasse proprio alle scalette presenti nel teatro e utilizzate da Pirandello per *Sagra del Signore della Nave* e per i *Sei personaggi in cerca d'autore*. Come nel dramma pirandelliano, Ulisse e altri personaggi vengono dal fondo della platea. Mentre Circe appare da un palco di proscenio, alla fine del terzo atto Penelope chiama Ulisse dalla galleria. E la sala del Teatro d'Arte era, appunto, provvista sia di galleria, sia di due piccoli palchi di proscenio. Il rapporto sala-palcoscenico, instaurato da Pirandello al Teatro d'Arte con le messinscene di *Sagra del Signore della Nave* e, soprattutto, con la nuova e definitiva versione dei *Sei personaggi in cerca d'autore*, si ritrova in Savinio, anche se in quest'ultimo non saranno state estranee suggestioni dadaiste.

Una cert'aria pirandelliana, che si respira in *Capitano Ulisse*, testimonia di quel clima di circolazione di idee e di stimoli, creatosi al Teatro d'Arte, di cui le reciproche influenze tra Pirandello e Bontempelli costituiscono la più autorevole conferma.[2] Del resto, le aspettative riposte da Savinio

2. Claudio Vicentini riconosce una reminiscenza di *Capitano Ulisse* nella proiezione delle ombre, con cui si chiudono i *Sei*

nel rapporto con Pirandello sono attestate dalla dedica, datata maggio 1925, che accompagnava la copia de *La casa ispirata* conservata nella biblioteca di Pirandello: «A Luigi Pirandello come figlio e discepolo al padre e al maestro».
Il particolare entusiasmo per il teatro, che Savinio nutriva in quel periodo, traspare nelle lettere all'attrice Maria Morino, sua futura sposa, allora in tournée con la Compagnia di Pirandello: «Domani andrò con Stefano [Landi] dalla signorina Strand, per avere un anticipo sull'Ulisse: questo fa parte della mia attuale mania di capitalizzare [...] Mi rileggo a poco a poco tutto Shakespeare. Non ho messo ancora mano ai due miei nuovi lavori per il teatro, ma ci penso continuamente e li maturo».[3]

personaggi, nella versione definitiva, elaborata da Pirandello nel 1925, al Teatro d'Arte. Lo studioso arriva a ipotizzare altre dirette influenze del testo saviniano sul teatro pirandelliano, e, in particolare, su *Questa sera si recita a soggetto* e *I giganti della montagna*: l'utilizzazione totale dello spazio, con gli interventi degli spettatori, l'accostamento tra la villa di Cotrone e l'isola di Circe, popolata di suoni e magiche presenze, per citare solo alcuni degli argomenti in cui si articola la tesi di Vicentini, volta a rintracciare gli influssi del repertorio frequentato da Pirandello, durante l'esercizio del suo capocomicato, nella sua produzione drammaturgica, successiva a quel periodo (cfr. *Il repertorio di Pirandello capocomico e l'ultima stagione della sua drammaturgia*, in *Pirandello e la drammaturgia tra le due guerre*, Ed. Centro Nazionale di Studi Pirandelliani, Agrigento, 1985, pp. 79-98).
3. Maria Savinio, *Con Savinio. Ricordi e lettere*, a cura di Angelica Savinio e con una nota di Leonardo Sciascia, Sellerio, Palermo, 1987, pp. 75-76. Nella narrazione di Maria Savinio il ricordo intimo, legato alla nascita del rapporto con Savinio, è così strettamente intrecciato alla vicenda professionale all'interno del Teatro d'Arte, comune a entrambi, che il libro costituisce in buona misura anche un'interessante testimonianza di prima mano sull'esperienza capocomicale di Pirandello.

Dagli ordini del giorno della Compagnia risulta che il 19 e 20 maggio 1925 ebbe luogo la lettura di *Capitano Ulisse* agli attori. Ma si era già alla vigilia della partenza per la tournée a Londra e Parigi, pertanto l'inizio delle prove fu rinviato.
Al rientro in Italia, nonostante con la perdita dell'Odescalchi fosse venuta meno la possibilità di allestire *Capitano Ulisse* in quella sala, il testo di Savinio rimase ancora per qualche tempo nei programmi di Pirandello, come è testimoniato dalle lettere di Savinio a Guido Salvini e Lamberto Picasso, che qui trascriviamo.[4]
Quando Savinio scrisse la prima volta a Picasso, il 7 novembre 1925, la Compagnia si apprestava a fare rientro in Italia, dopo un lungo giro in Germania:

«Mio caro Picasso, ricevetti infatti l'altro ieri una lettera del signor Paul Prima[5] [*sic*] in cui mi diceva aver letto l'Ulisse e mi chiedeva licenza di tradurlo in tedesco. Ho risposto dando l'autorizza-

4. Le lettere provengono dai Fondi Salvini e Picasso, conservati presso il Museo Biblioteca dell'Attore di Genova, e sono state da me pubblicate nel 1980 (cfr. *Alberto Savinio e il Teatro d'Arte di Luigi Pirandello*, «Teatro Archivio», 3, gennaio 1980, pp. 230-64). Guido Salvini (1893-1964), figlio d'arte appartenente a una delle più illustri dinastie teatrali, entrò nella Compagnia dapprima in veste di amministratore. In breve venne investito della responsabilità tecnica degli allestimenti scenici, per affiancare in seguito Pirandello in qualità di aiuto-regista e scenografo. Lamberto Picasso (1880-1962), primo attore del Teatro d'Arte, ne era stato uno dei soci fondatori e ne condivideva in pratica con Pirandello la direzione artistica.
5. Si tratta di Paul Prina, Dramaturg allo Städtische Theater di Lipsia, con tutta probabilità conosciuto da Picasso nel corso della visita a quella città, effettuata dalla Compagnia il 26 e 28 ottobre.

zione. Non sapevo donde fosse partita la mossa. Ora che so non solo la ringrazio, mio caro Picasso, ma le trasmetto tutta la mia gratitudine. Mi auguro che la buona volontà del signor Prima abbia a condurre a buoni risultati. Certo sarò molto contento se mi danno l'Ulisse in Germania, e più contento sarò se Pirandello me lo darà a Milano, come mi ha promesso. Gli ho scritto giorni fa per rammentargli la promessa. Lei pure mi deve aiutare, mio caro Picasso. Dopo i trionfi che lei ha avuto in Germania, le sue parole, spero bene, saranno molto ascoltate dal Maestro. Ho scritto anche alla signorina Morino[6] perché domandasse al Maestro le sue intenzioni e per farmi sapere dove e quando debbo far eseguire gli scenari. Aspetto la risposta.
So anch'io che in Germania il teatro ha raggiunto tecnicamente una sua perfezione. Ma non sarebbe bene che anche in Italia facessimo altrettanto? Io vorrei tanto fare, collaborare se non altro, ma chi mi aiuta? Lavoro molto. Sono per finire un romanzo di cui sono soddisfatto. Lavoro contemporaneamente a un Agamennone e a un altro dramma: "La notte della mano morta".[7] Sono

6. Il « Maestro », così Pirandello era chiamato al Teatro d'Arte. Jone Morino, sorella di Maria, ricopriva in Compagnia il ruolo di prima attrice giovane.
7. Il romanzo è *Angelica o la notte di maggio* (cfr. sotto la lettera a Picasso del 9 dicembre), che uscirà nel 1927 (Morreale, Milano). Quanto ai due lavori teatrali menzionati, del primo resta solo una traccia sotto forma di progetto (cfr. Alberto Savinio, *Studio per l'"Agamennone"*, « Teatro Archivio », 4, maggio 1981, pp. 3-7), mentre con lo stesso titolo del secondo conosciamo un soggetto cinematografico, che potrebbe costituirne una rielaborazione più tarda (ora in Alberto Savinio, *Il sogno meccanico*, a cura di Vanni Scheiwiller, « Quader-

molto felice di sentire in lei un amico. La buona sorte che lo accompagna lassù nel nord, mi fa piacere come toccasse a me stesso. Arrivederci, mio caro Picasso: l'arte e la vita le siano sempre favorevoli. Mi saluti il Maestro, Salvini e tutti i compagni. Aspetto con impazienza di vedere Ulisse vivere in lei. Stia sano e si abbia un abbraccio fraterno dal suo A. Savinio».

Il 14 novembre successivo ha inizio la breve ma fitta corrispondenza con Salvini, tutta incentrata sui preparativi in vista del prossimo debutto milanese di *Capitano Ulisse*, previsto durante il corso di recite, che la Compagnia avrebbe dovuto effettuare al Teatro dei Filodrammatici dal 1° al 17 febbraio 1926 (procrastinato per impegni assunti dalla Società Suvini e Zerboni, amministratrice dei teatri milanesi, con la Compagnia Celli-Tumiati):

«Caro Salvini, lunedì spero poterle mandare i bozzetti del Capitan Ulisse. La messa in scena sarà semplicissima. Spero poter servirmi unicamente di fondali. Quello che è indispensabile, è il doppio sipario, a meno che lei riesca a ottenere gli stessi effetti col sipario comune. Si vedrà. Quanto ai costumi, semplicissimi pure. Del resto le manderò una nota particolareggiata dei costumi e qualche schizzo. Sono molto contento, mio caro Salvini, che l'allestimento scenico del mio lavoro (parte così importante e delicata) sia affidato a lei. Ho piena fiducia nella sua collaborazione e sono tranquillissimo quanto ai risultati.

ni della Fondazione Primo Conti», Scheiwiller, Milano, 1981, pp. 30-52).

La signorina Maria le manda i suoi più cordiali saluti.[8]
La ringrazio molto, mio caro Salvini, dell'amicizia che lei mi dimostra e le stringo la mano molto affettuosamente.
Suo devotissimo Alberto Savinio».

Il 18 novembre Savinio scriveva ancora a Salvini per trasmettergli i bozzetti di Giorgio de Chirico, oggi perduti, accompagnati da dettagliate istruzioni per la messinscena:

«Caro Salvini, contemporaneamente a questa lettera, le spedisco i bozzetti fatti da mio fratello per le scene di "Capitan Ulisse". Come lei vedrà, sono di una grande semplicità e facilissimi a eseguire. Come le scrissi nella mia lettera precedente, io do grande importanza al sipario interno. Il sipario ha nel dramma un'importanza altrettanto grande quanto gli stessi protagonisti. Nei bozzetti, il colore del sipario interno è ocra scura. Ma non è un colore obbligatorio. Lascio a lei facoltà, se le parrà più conveniente o per appianare qualunque difficoltà pratica, di scegliere un altro colore: rosso scuro, blu scuro, viola scuro o grigio scuro. Basta che la tinta sia molto scura (anche nera magari, salvo che il nero è colore duro ed estetizzante) e tale da far risaltare il quadro interno. Se, come le dissi, gli stessi effetti si possono ottenere col sipario comune, il sipario interno diventa superfluo. Ma mi pare difficile. Come riuscire infatti a tener chiusa una metà del sipario comu-

8. Maria Morino aveva lasciato la Compagnia di Pirandello dopo la tournée a Londra e Parigi, per ritirarsi dalle scene e sposare Savinio il 26 gennaio 1926.

ne e ad aprire l'altra metà? Oltre che al principio del II atto e alla fine del III, come pure a principio del III, c'è un gioco dei due sipari che è necessario all'azione.
Nel I Atto il sipario (e questa volta può essere il sipario comune) non si apre completamente, ma appena tanto da lasciar vedere nel fondo il muretto con la scala e, dietro, la vela della nave. Sarà necessario però che i due lembi estremi del sipario siano portati (a mano, da due macchinisti) verso il fondo della scena, per dare modo a tutti gli spettatori di vedere il fondo della scena. Lo stesso converrà fare con quella metà del sipario interno che resta chiusa nel I e nel II quadro dell'Atto Secondo.
ATTO PRIMO. Il sipario non si apre completamente. Nel fondo, muro basso (spezzato) e scaletta praticabile. Al sommo della scaletta, piccola piattaforma sulla quale due o tre attori possano stare ritti. Dietro il muro, gradini da permettere agli attori di scendere dall'altra parte (verso il mare). Dietro il muretto, le vele della nave (spezzato). Le vele devono essere mobili, per poter spostarsi da destra a sinistra (relativamente a chi guarda) quando la nave salpa. Fondale azzurro (cielo). In tutta questa scena, di colorito non c'è se non il solo fondale (cielo, azzurro: più cupo in alto, va degradando fino a diventare bianco vicino all'orizzonte). Tutto il resto, dipinto con tinte neutre: muro grigio, scaletta bianca, terra grigia.
ATTO SECONDO. QUADRO PRIMO. Si apre solo il lato sinistro del sipario interno, quello destro rimane chiuso, con la punta portata di sbieco verso il fondo della scena.
Sul fondale, di praticabile il solo uscio, su sfondo nero o scuro comunque. La finestra, come pure

le linee del soffitto, sono dipinte. Tinta delle pareti, grigio chiaro.
Raccomandare che sia rispettata l'assimetria [*sic*] delle linee (uscio, ecc.). Mobilio: scrivania nel fondo, con sopra mappamondo, lavagna su cavalletto a destra, pianoforte verticale a sinistra. Sulla parete si possono aggiungere, volendo, carte geografiche e regoli.
ATTO SECONDO. QUADRO SECONDO. Si apre il solo lato destro del sipario interno, quello sinistro rimane chiuso e portato indietro. Fondale di cielo, parete, ecc. Se i due piani sono troppo difficili da eseguire, dipingere parete e cielo sopra un fondale unico. Mobilio: una chaise-longue, sul davanti e nel mezzo. Nel fondo a sinistra, contro la parete, una mensola con cassetti.
ATTO SECONDO. QUADRO TERZO. Fondale unico dipinto: arabeschi e portone con colonna. La finestra, in alto e per traverso, è praticabile: aperta contro un fondo di cielo. Nel vano della finestra deve apparire la faccia di Minerva, illuminata di sotto. Mobilio: due poltrone per il re e la regina dei Feaci, sedili vari disposti in semicerchio. Una lampada su colonna.
ATTO TERZO. A sinistra, uscio grande con portiera scorrevole. A destra grande finestra praticabile. La vetrata della finestra, a sinistra, è dipinta.
Mobilio: uno zoccolo basso, sul davanti a sinistra, per Minerva quando figura da statua.
Ho soppresso gli usci laterali. Gli attori possono entrare dalla quinta.
Per i 2 primi quadri del secondo atto si può fare un fondale solo, come nello schizzo seguente.

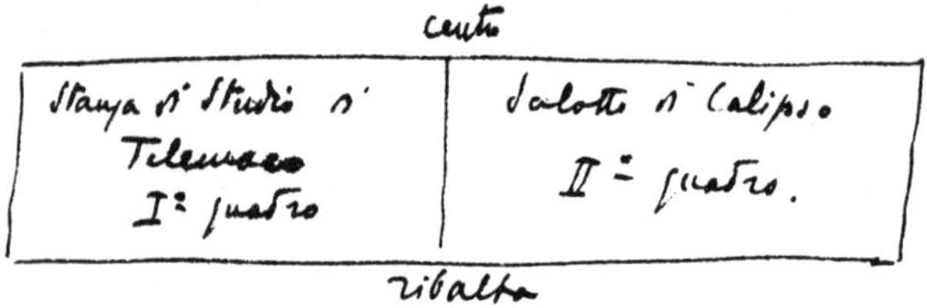

Cioè: nel I quadro, si apre la parte sinistra soltanto del sipario interno, lasciando visibile la stanza di studio di Telemaco. Nel II quadro si apre la metà di destra del sipario, scoprendo il salotto di Calipso.

COSTUMI

L'abito di Ulisse è sufficientemente illustrato nella didascalia del I atto (v. entrata di Ulisse)
Circe, Calipso, Penelope: nel I atto (Circe) veste a tunica. Nel II atto (Calipso) vestaglia o tea-gown. Nel III atto, prima abito di casa, poi abito da sera, scollato.
Minerva (nelle spoglie di Mentore) abito nero, quasi ecclesiastico. Credo che la signora Frigerio, che farà la parte, abbia ripugnanza per la redingote e i calzoni. Si può semplificare così: ampio mantello nero, lungo, come quello dei nostri ufficiali.
Nel II e nel III atto, Minerva è vestita da guerriera: corazza a maglie (argento), gonna turchina lunga fino ai piedi e a crespe, elmo color bronzo.
Telemaco: nel II atto: *eton-jacket* nero, calzoni bianchi di tela o flanella, collettone bianco inamidato, cravatta nera o floscia o rigata. Panciotto nero. L'*eton-jacket*, come lei saprà, è una specie di piccolo smoking terminato a punta, dietro.

Nel III atto, prima in calzoni e camicia, senza colletto. Poi, in frak [*sic*].
Euriloco: maglione scuro e calzoni pure scuri.
Marinai di Ulisse: vestiti come i nostri marinai da guerra.
Mercurio: da aviatore, con casacca di cuoio, elmo di cuoio, gambali, ecc.
Ancelle di Circe: abiti genere Poiret o Palmer, giacché siamo a Milano!
Gli altri costumi sono comuni abiti borghesi.
Eumeo, maggiordomo: panciotto con maniche, a righe, calzoni neri. All'ultimo, può indossare la livrea.

E credo non ci sia altro, mio caro Salvini. In ogni modo, sono a sua disposizione per tutti i chiarimenti che le abbisognassero. La prego di tenermi al corrente di tutto. Ma più di me, potrà lei, tanto più pratico di teatro. Sono disposto a fare anche maggiori semplificazioni nell'allestimento scenico, ove occorressero.
Spero rivederla presto. Non ha intenzione di venire fino a Roma? In caso mi avverta perché ho molto desiderio di vederla.
Mi rimetto interamente nelle sue mani.
Molto affettuosamente Suo A. Savinio».

La più ampia disponibilità a sgombrare il campo da qualsiasi difficoltà pratica potesse frapporsi alla rappresentazione è ribadita da Savinio nell'ultima lettera a Salvini, del 20 novembre:

«Mio caro Salvini, ieri le ho spedito i bozzetti per le scene dell'Ulisse. Poi ho pensato: per semplificare anche più la messinscena e per ridurre al minimo le spese, non si potrebbe ripetere il sistema usato da Tumiati per il Coriolano di Shakespeare, che ho sentito ieri sera al Costanzi? Si tratta di questo – ma lei lo saprà già perché il sistema è vecchio –: tutto il palcoscenico chiuso da una tenda, in questo modo:

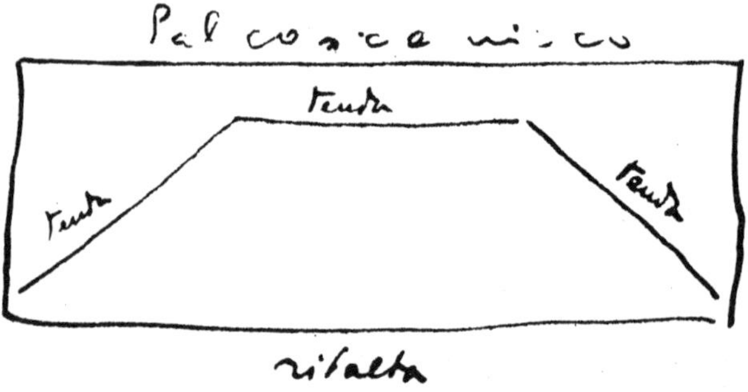

questa tenda si apre (si solleva veramente) ora a destra, ora a sinistra, ora nel mezzo, via via che si svolgono i vari quadri. Nel fondo, basta appena un frammento – uscio, colonna, ecc. angolo di parete, o altro –. Che ne pensa lei, mio caro Salvini? L'effetto è ottimo e, naturalmente, i cambiamenti di scena rapidissimi. Guardi un po' anche lei, mio caro Salvini, e mi sappia dire qualcosa.
Le stringo la mano molto affettuosamente
Suo A. Savinio.
Sono in corrispondenza col Sig. Paul Prina, dell'Altes Theater di Lipsia, per la traduzione in tedesco dell'Ulisse. Ho saputo che il copione è

stato lei a farglielo leggere. La ringrazio molto, mio caro Salvini, e le sono infinitamente grato».[9]

Naufragato il sogno di una sede stabile e travolto il Teatro d'Arte dai debiti, la Compagnia di Pirandello, trasformata in compagnia di giro, proseguiva il suo faticoso giro al Nord. A nulla valsero le proteste dell'illustre capocomico, che accusava i proprietari di teatri, capeggiati da Paolino Giordani, di negargli le piazze maggiori. Le difficoltà non mancarono di ripercuotersi sulle scelte artistiche della Compagnia, che mostrava di sclerotizzarsi in un repertorio prevalentemente pirandelliano. E già il 28 novembre Savinio si raccomandava allarmato a Picasso:

«Mio caro Picasso, so che le prove dell'Ulisse, dopo tre giorni, sono state sospese. Ho scritto al Maestro, ma prego anche lei, mio caro Picasso, di sapermi dire che cosa succede, se le prove ricominceranno e che aria spira, insomma. Sono convinto che l'Ulisse non è difficile scenicamente. Basterebbe un po' di buona volontà, un po' di attenzione a penetrare lo spirito del lavoro: in seguito, il resto verrebbe da sé. Lei potrebbe trasfonderlo questo spirito negli altri: mi aiuti, mio caro Picasso. Io verrò, quando cominceranno le prove. La prego intanto di scrivermi e di mettermi al corrente di tutto. Io all'*Ulisse* ci tengo per *molte*, per *moltissime* ragioni. Chiedo aiuto e soste-

9. Paul Prina aveva scritto a Salvini il 31 ottobre, per ringraziarlo di avergli fornito l'indirizzo di Savinio e informarlo che il copione di *Capitan Ulisse* gli era stato prestato da Lamberto Picasso.

gno perché le battaglie bisogna affrontarle e vincerle. Queste cose le dico a Lei, perché *so* con chi parlo.
Mi risponda presto, mio carissimo Picasso. E si abbia una forte, affettuosa stretta di mano dal suo amico A. Savinio».

Ancora qualche giorno e nuovamente Savinio si rivolgeva a Picasso, con una lettera datata 9 dicembre:

«Mio carissimo Picasso, la ringrazio tanto della sua buona, della sua affettuosa lettera. Non sono riuscito a sapere da nessuno le ragioni precise che hanno interrotto in modo così singolare le prove dell'*Ulisse*. Ma purtroppo sono le ragioni metafisiche che prevalgono, e quelle non mi sfuggono mai. Ma è un bel fatto, via! Se nel 1926 vedrò realizzato il mio lavoro, non avrò a pentirmi molto del ritardo. Ma lo vorrei vedere realizzato da lei. Il mio personaggio non riesco a vederlo se non attraverso la persona e l'arte di Picasso. Qualunque intenzione lei avesse per il futuro, io le prometto sin d'ora che farò di tutto per aiutarlo, per giovarlo nelle sue nuove iniziative. Non le faccio augurii che sarebbero quanto mai inutili. Perché lei ormai, considerato da tutti come il più grande artista dell'arte drammatica italiana, può dettar legge. Non si lasci sfuggire quest'occasione mio caro Picasso, e dia finalmente all'Italia quel teatro d'arte che tutti aspettiamo. Potremo allora dimenticare senza rancori, il triste passato.
Lavoro moltissimo. Mando avanti un "Agamennone" che sarà come il fratello maggiore dell'Ulisse, e "La notte della mano morta" di carattere

diversissimo. Ho terminato un romanzo "Angelica o la notte di maggio" e poi racconti, articoli, ecc. La parte economica lascia purtroppo a desiderare. Ma tiro avanti lo stesso, con piena fede in me stesso e nei pochi artisti veri che, come lei, dovranno fatalmente dare al nostro paese un aspetto di nazione grande.
Non si dimentichi di me e appena ha un po' di tempo, mi dia sue notizie. *Disponga di me per qualunque cosa.*
Le stringo la mano con molto affetto
Suo A. Savinio».[10]

Nel frattempo Picasso si accingeva ad abbandonare la Compagnia di Pirandello, che lascerà al termine dell'anno comico, nel febbraio 1926, per formarne una propria, insieme con Olga De Dieterichs Ferrari, grazie ai capitali del marito di lei, conte Mario Ferrari. Il nuovo progetto doveva già essere nell'aria e Savinio mostra di esserne informato, nella lettera all'attore del 24 dicembre, senza nascondere le sue perplessità in proposito:

«Mio caro Picasso, anzitutto le chiedo un favore urgentissimo: mi spedisca *a volta di corriere* il copione del "Capitan Ulisse" che è in sue mani. Tempo fa lo chiesi a Salvini, ma ancora non ho ricevuto nulla. Ne ho bisogno subito, per spedirlo a Paul Prina che vuole cominciare a tradurlo in tedesco. Non so come fare, perché a me non è

10. In un'intervista sul «Resto del Carlino» del 21 febbraio 1926 Pirandello annunciava ancora la rappresentazione, nel corso della stagione, di quella che definiva «opera di *ironia lirica* sull'eterno mito dell'inquietudine di Ulisse».

rimasto nessun copione. La prego dunque di mandarmi il suo. Non appena il "Corriere del Teatro" avrà finito di pubblicare il mio lavoro, le manderò la raccolta di questo giornale.[11]
A Milano, dove ero andato pochi giorni fa, ho incontrato per caso Salvini e anche Pirandello. Non sono però riuscito a sapere niente di preciso. Questa gente era tanto preoccupata delle faccende della Società degli Autori, che non era il caso di affrontare altri argomenti.
Prima della mia partenza per Milano, circa una decina di giorni fa, andai a conoscere il conte Ferrari, con l'intenzione di metterlo in relazione con l'ing. Iberti. Prima però di avventurarmi a questo passo, vorrei conoscere da lei le sue intenzioni precise, e quali accordi ha stabilito con Ferrari.
Le dico francamente che Ferrari, e soprattutto sua moglie, non mi paiono persone adatte a una iniziativa teatrale fatta assieme con lei. La signora Ferrari è una dilettante come attrice, e oltre a ciò, molto presuntuosa delle proprie capacità artistiche. Tutto sommato, queste persone vorrebbero fare una compagnia a *uso proprio*. Bisognerebbe vedere quindi se è il caso di aiutarli. Vorrei sapere dunque se lei, nell'abboccamento avuto con Ferrari, ha determinato chiaramente la sua qualità, oltre che di attore, di direttore artistico assoluto, con piena autorità sulla scelta del repertorio,

11. Il «Corriere del Teatro», quindicinale romano nato nel 1925 e diretto da Vincenzo Tieri, cessò le pubblicazioni già nell'estate 1926, verosimilmente prima di portare a termine la stampa a puntate di *Capitan Ulisse*. Non siamo in grado di affermarlo con assoluta certezza, perché, nonostante le ricerche effettuate nelle maggiori biblioteche italiane, non siamo riusciti a ricostruire la raccolta completa del periodico.

sull'allestimento degli spettacoli, ecc. Mi risponda subito, mio caro Picasso, e secondo quanto lei mi dirà, io farò.
Le faccio molti cordiali augurii per il nuovo anno e le stringo affettuosamente la mano
Suo Alberto Savinio».

All'epoca dell'ultima lettera, il 2 marzo 1926, è cresciuta la confidenza tra i due corrispondenti e la società Ferrari-Picasso è cosa fatta:

«Mio caro Picasso, ho letto che avete debuttato allo "Storchio" [Teatro Storchi] di Modena con "L'Uomo, la bestia e la virtù" e che tu hai avuto un gran successo personale. Bravo! e l'Arte sempre ti assista. Tempo fa ti mandai una lettera ma non ho mai avuto risposta. Ho fatto spedire dalla Società P. Giordani il copione dell'"Ulisse" al conte Ferrari, che qui a Roma me lo aveva richiesto. A quest'ora lo avrà già letto forse e probabilmente te ne avrà parlato. Tu in ogni modo che sei penetrato così addentro nel lavoro, glielo potrai illustrare meglio di nessuno. Scusami se ti scrivo a macchina, ma mi hanno regalato una magnifica Remington e io ho giurato di non prendere mai più in mano la penna. Scrivimi ti prego che intenzioni hai per l'"Ulisse". Quando pensi di metterlo in scena e dove? Per gli scenari vorresti usufruire dei bozzetti fatti da mio fratello e che a suo tempo mandai a Salvini quando pareva che Pirandello me lo dovesse dare? Essi bozzetti sono depositati alla società scenografica a Milano e nel caso tu li volessi scrivimelo subito perché li faccia venire. Ho saputo che la Società degli Autori ha scritto parecchio tempo addietro a Pirandello per sapere precisamente se lui aveva l'intenzione di

dare l'"Ulisse" nel nuovo anno comico. Pare che Pirandello non abbia mai risposto, il che dà libertà a Giordani, proprietario dell'"Ulisse", di consegnare il lavoro ad altra compagnia. È in seguito a questo che ha mandato il copione alla compagnia che tu dirigi. Ora, come vedi mio caro Picasso, tutto il mio avvenire drammaturgico dipende da te. So di essere nelle mani di un artista, e tanto mi basta.
Abbiti una forte e affettuosa stretta di mano dal tuo amico
Alberto Savinio
e tanti saluti da Maria».

Capitano Ulisse figurava ancora nell'aprile 1926 tra gli spettacoli annunciati dalla Compagnia di Pirandello al Teatro Filodrammatici di Milano, dove sarebbe finalmente approdata dal 3 al 25 aprile. Neanche allora lo spettacolo andò in scena e la circostanza che Picasso avesse nel frattempo lasciato la Compagnia è una delle ragioni più plausibili della definitiva rinuncia da parte di Pirandello. Ma neppure con Picasso Savinio riuscì nell'intento, perché la Compagnia Ferrari-Picasso non durò che pochi mesi e già nell'estate 1926 il sodalizio si era sciolto.
Savinio dovette pazientare sino all'8 gennaio 1938, data in cui *Capitano Ulisse* andò in scena a Roma, al Teatro delle Arti di Anton Giulio Bragaglia, per la regia di Nando Tamberlani, con le scene di Vinicio Paladini e i costumi di Maria Signorelli, e la seguente distribuzione: Ennio Cerlesi (Capitano Ulisse), Giovanni Dal Cortivo (Euriloco), Renato Ferrari (Telemaco), Giovanni Giacchetti (Eumeo), Adelmo Cocco (Alcinoo),

Carlo Duse (Mercurio), Marcello Giacchetti (Margalone), Salvo Libassi (Pandaro e Ufficiale alla corte di Alcinoo), Enzo Farulli (Filalete), Enzo Donadoni (Senodulo), Giovanni Pezzinga (Primo Ministro alla corte di Alcinoo), Armando Farnelli (Ministro della Marina alla corte di Alcinoo), Romolo Costa (Primo Spettatore), Cesare Fantoni (Secondo Spettatore), Tina Lattanzi (Circe, Calipso e Penelope), Delizia Pezzinga (Minerva), Bianca Bonivento (Euriclea), Emma Baron (Mademoiselle Porcher e Prima Ancella di Circe), Pina Borrione (Cameriera di Calipso e Seconda Ancella di Circe), Maria Polese (Regina dei Feaci).[12]

La critica accolse la 'novità' di Savinio con un atteggiamento di distacco, che tradiva un certo fastidio. Si mostrò indulgente con la messinscena, ma liquidò il testo come l'anacronistica riesumazione di una voga teatrale, sepolta insieme con l'avanguardia. Non un'ombra di rimpianto per quell'epoca, di fronte al grigiore dominante sui palcoscenici italiani nello scorcio degli Anni Trenta, nelle parole di Osvaldo Gibertini, che citiamo a campione di un giudizio, senza molte sfumature, condiviso dai colleghi (va rilevato quasi tutti vice, quando non anonimi). Il critico

12. Lo spettacolo fu replicato sino all'11 gennaio. Da allora l'unica ripresa dello spettacolo è avvenuta nel 1979, per opera del Gruppo Libero di Bologna, in una riduzione di Ubaldo Soddu, con la regia di Arnaldo Picchi (anche interprete nei panni di Ulisse), le scene di Giovanni Soccol, i costumi di Laura Sassoli, le musiche di Stefano Marcucci e le coreografie di Roy Bosier, interpreti: Bianca Pirazzoli (Circe, Calipso e Penelope), Mario Chiapuzzo (Telemaco), Vittorio Viviani (Alcinoo), inoltre Fabio Romano, Claudia Palombi, Lorenzo Minnelli, Renzo Morselli e Mara Mazzucchini.

citava i rifacimenti dei modelli classici di Cocteau: «Fu lo spunto d'una moda teatrale di sterili capriole metafisiche e di comodissime strampalerie intellettualistiche ugualmente adatte a sbalordire il borghese e ad inebriare certi singolari gruppi di iniziati alle sublimi fatuità di una vantata sovrintelligenza». Ciò premesso, la colpa maggiore dell'autore era di non dichiararsi reo confesso: «Ora, a quell'epoca, l'esser caduto in un simile abbaglio poteva avere un valore relativo. Quello invece che ci sembra meno scusabile si è che il Savinio non si sia accorto oggi di aver allora ceduto soltanto a una semplice moda, la cui esteriore bizzarria, non sostenuta da un intimo fondamento di autentica originalità spirituale, era fatalmente destinata ad una rapida decadenza, sicché il vedercela ripresentare oggi produce il fastidio melanconico delle cose passatissime, vecchie, decrepite, che tentano invano di sbandierare audaci galanterie giovanili».

Più pacato il giudizio di Luigi Antonelli, che riconosceva all'autore un ingegno e un umorismo beffardi: «nella ricerca d'un personaggio su cui si è accumulato troppo destino e nella curiosa ansietà di liberarlo. Qui Alberto Savinio ha colto il segno dell'arte». Meno convincenti e, anche a suo avviso, riconducibili a un gusto e a un clima ormai superati le sovrastrutture sceniche, impiegate dall'autore nella teatralizzazione del tema: «Tuttavia il barocchismo di queste incrostazioni se pure ha smarrito il senso della misura per l'eccessiva ostentazione scenica, permane elemento irrisore – che sta tra la rivista e la farsa – e ha una sua funzione profanatrice e polemica».[13]

13. o.g. [Osvaldo Gibertini], «La Tribuna», Roma, 11 gennaio 1938; l.a. [Luigi Antonelli], «Il Giornale d'Italia», Roma, 11 gennaio 1938.

Nel tracciare il bilancio della stagione inaugurale del Teatro delle Arti, in un articolo probabilmente destinato al settimanale «Omnibus», dove Savinio scriveva in veste di critico teatrale, lo scrittore replicava ai suoi denigratori, senza tradire alcun impaccio, com'era nel suo stile: «La sola ragione che mi vieterebbe di collocare "Capitano Ulisse" tra le opere più notabili rivelate dal Teatro delle Arti, è che l'autore di "Capitano Ulisse" sono io. Ma non è ragione sufficiente. Alcuni giornalisti hanno detto che "Capitano Ulisse" è un lavoro "superato", ma senza specificare, come sarebbe stato loro dovere, da che cosa. Attualmente, l'aggettivo "superato" è comodamente usato dai mediocri a difesa della propria mediocrità. Dello stesso "Capitano Ulisse", un commediografo e giornalista di grande valore, Sante Savarino, ha detto che è una delle opere più significative di tutte le epoche e di tutte le letterature. E non mi si domandi perché io condivido il giudizio di Sante Savarino».[14]

A simili incidenti di percorso Savinio doveva essere preparato, se non proprio abituato, perché essi ricorrono più volte nella sua carriera teatrale. Giustamente osserverà Stefano Lanuzza: «Ciò risponde, del resto, all'intento dello stesso autore che, da vero artista d'avanguardia, non il

14. L'articolo, conservato in dattiloscritto nell'Archivio Savinio, non apparve su «Omnibus» e, per quanto sappiamo, neanche altrove. Sempre in sede di bilancio di stagione Anton Giulio Bragaglia dichiarava, sul «Dramma» del 15 maggio 1938: «Una novità a carattere sperimentale e d'avanguardia (sia pure di avanguardia un po' vecchiotta) è stata *Il capitano Ulisse* di Alberto Savinio: commedia che ha suscitato discussioni vivacissime, ma che a tutti è parsa degna dell'esperimento scenico».

plauso vuole dal pubblico, ma la rottura, quasi l'inimicizia. Ma è proprio pensando alla jarryana "voluttà di essere fischiati" che si può riconoscere alla drammaturgia di Savinio un'impronta caldamente polemica, provocatoria e anticonformista, quindi viva e attivante, nei cui modelli più immediati si ravvisa il teatro di *défoulement* teorizzato da Marinetti e la ricerca surrealista di un linguaggio che abbia funzione euristica e sia mezzo di conoscenza».[15]

Tuttavia, *Capitano Ulisse* aveva già conosciuto migliore accoglienza, all'epoca della sua uscita in volume, quattro anni prima della sua rappresentazione in teatro, nell'attenta recensione di Francesco Bernardelli, critico teatrale della «Stampa». Individuati in Giraudoux, Cocteau e Pirandello i referenti più prossimi al lavoro di Savinio, Bernardelli ne sottolineava l'originalità: «Savinio allude istintivamente a modi di poesia e di stile, che son propri di un certo momento della coltura, ma nei fragili e fuggevoli atteggiamenti inserisce poi la forza vivace del suo temperamento; si rivela con caratteri precisi, con ispirazioni e intonazioni che sono sue proprie: apertura schietta di stile, baldanza che chiarifica e illumina, rapidità di tocco, evidenza comica e plastica. Si legge il dramma con attenzione sostenuta e compiaciuta. Tra mito e psicologia – cose che possono essere facilmente astratte – Savinio ci ha dato scene concrete di sicuro effetto». Il critico concludeva la sua lettura, col porre l'accento sullo spessore umano del protagonista, al di là del gioco teatrale: «E se la fattura del dramma, con quella conti-

15. Stefano Lanuzza, *Savinio*, La Nuova Italia, Firenze, 1979, p. 91.

nua variazione di fantasia e di beffa, testimonia un'invenzione fluida, allegra, garbatamente teatrale, la confessione, o dichiarazione d'umanità, è la sostanza stessa, poetica e segreta, della piacevole invenzione. Questo Ulisse è antico nella struttura d'eroe senza pace; modernissimo nella qualità, nel timbro dell'inquietudine che lo affascina e lo punge [...] Volontà e lirismo psicologico che creano i dati della vita, suscitano il personaggio là ove forse non era che aspirazione o rimpianto. E alla radice di quest'arte e di questa fantasia è una sottile amarezza, facilmente riconoscibile».[16]

La letteratura critica intorno all'opera di Savinio, ancora relativamente contenuta, ma in continua crescita, si è sinora esercitata in misura episodica e per lo più marginale sulla sua produzione drammatica. Nonostante la posizione centrale riconosciuta a *Capitano Ulisse*, considerato il suo lavoro teatrale più compiuto, una rassegna della critica si articola, dunque, in poche voci bibliografiche.[17] Il primo e più ampio profilo critico di Savinio scrittore e saggista si deve a Ugo Piscopo (1973), che dedica al teatro un breve capitolo, pur riconoscendone l'importanza nel disegno complessivo dell'opera: «Il teatro del nostro autore si colloca in uno spazio europeo, i cui con-

16. Francesco Bernardelli, *Alberto Savinio: Capitano Ulisse*, «La Stampa», Torino, 31 luglio 1934.

17. «Un silenzio abbastanza sorprendente, se si pensa che, per quanto intermittenti e occasionali siano stati questi rapporti (specie se in relazione alla preponderante attività letteraria e pittorica), la vocazione teatrale insiste pervicacemente su tutto l'arco dell'itinerario artistico saviniano, non soltanto come mero dato biografico» (Anna Maria La Torre, in *Enciclopedia del Teatro del '900*, a cura di Antonio Attisani, Feltrinelli, Milano, 1980, *s.v.*).

fini sono stabiliti da Jarry e Cocteau, da Eliot e Shaw, da Kafka e Pirandello, e partecipa, pur con qualche lentezza, all'elaborazione del linguaggio teatrale, che si svilupperà poi con Camus e Sartre, e infine con Beckett».[18]

Venendo a *Capitano Ulisse*, Piscopo pone l'accento sul processo di «diseroicizzazione» cui è sottoposta la figura di Ulisse (concetto su cui insisterà anche Lanuzza), di segno opposto alla retorica imperante nel regime fascista e parla di «volontà di provocazione della simulazione e del fariseismo», ma, quanto al merito dell'azione drammatica, avverte alcune sconnessioni nel suo svolgimento e alcuni punti oscuri nella costruzione dei personaggi. Le spiegazioni fornite dall'autore nella prefazione gli sembrano ora estravaganti («quasi un'aggiunta di novella o l'esegesi di un critico ricco di immaginazione»), ora necessarie alla comprensione, per esempio, delle motivazioni del contrasto finale tra il protagonista e Minerva. Particolarmente felice, a suo avviso, «la resa teatrale della vita che si svolge in casa di Ulisse», i temi esistenziali più congeniali all'autore, la messa a nudo dei rapporti familiari presiedono agli esiti migliori di questo testo, anche se, osserva Piscopo: «In questa fase, l'autore trova nell'esistenzialismo spunti di osservazione e conferme delle sue ricerche, piuttosto che un'organica spiegazione del mondo. I suoi interessi per questa corrente di pensiero hanno bisogno ancora di qualche anno per maturarsi».

Arrivati a questo punto, crediamo opportuno tenere d'occhio le date e rammentare, anche per

18. Ugo Piscopo, *Alberto Savinio*, Mursia, Milano, 1973, pp. 231-42.

quanto concerne il 'naturale antifascismo' di *Capitano Ulisse*, che il testo è del 1925.
Vanni Bramanti dedica a Ulisse un intero capitolo del suo saggio *Gli dei e gli eroi di Savinio* (Sellerio, Palermo, 1983), in cui si limita a parafrasare il testo saviniano, per illuminare la sostanza psicologica del protagonista e la «ferialità» della sua vicenda teatrale.
Nel tracciare un profilo biografico dello scrittore, Henri Parisot ricordava l'edizione francese della pièce saviniana e lamentava il fatto che non la si fosse ancora rappresentata sui palcoscenici francesi: «*Le Capitaine Ulysse*, dont la beauté est tellement évidente que l'on s'explique mal qu'elle n'ait pas ancore été "découverte" par l'un ou l'autre de nos "jeunes" metteurs en scène, si généralement enclins à déplorer la pénurie d'œuvres dramatiques modernes de qualité».[19]

EDIZIONI. Il *Capitano Ulisse* apparve in volume nel 1934, in un'edizione numerata di 110 esemplari (Roma, Quaderni di «Novissima»), con una «Giustificazione dell'autore»; in questa sede il titolo apparve per la prima volta modificato da *Capitan Ulisse* a *Capitano Ulisse*. È stato ristampato dalla rivista «Scena» (5, ottobre-novembre 1976), preceduto dallo scritto di Savinio *La verità sull'ultimo viaggio*. Infine, la rivista «Il lettore di provincia» (Ravenna, Longo, 36-37, marzo-giugno

19. Alberto Savinio, *Vie des fantômes*, Flammarion, Coll. L'Âge d'or, Paris, 1965, p. 231.

1979), in un numero monografico dedicato allo scrittore, ha riproposto il testo, quale risultava da una versione dattiloscritta (datata Febbraio 1925 e assai vicina a quella definitiva in volume), donata da Savinio a Giuseppe Raimondi, per la rivista che questi dirigeva: «La Raccolta». Tradotto in francese da M.D. Calvocoressi *Le Capitaine Ulysse* è stato pubblicato in Francia (Éditions de la Revue Fontaine, Paris, 1946).

Il manoscritto di *Capitan Ulisse* è conservato nell'archivio dello scrittore, presso il Gabinetto G.P. Vieusseux di Firenze, e reca la dedica a Maria Morino, firmata Savinio e datata Roma, giugno 1925: «A Maria: colei che Ulisse cercava». Non vi sono sostanziali varianti, rispetto al testo a stampa, e, comunque, tutte di scarso rilievo drammaturgico. Con la sola eccezione del finale del secondo atto, che qui riportiamo. Laddove, nel testo definitivo, esso termina con Minerva, che «Appoggiata all'asta, immobile come sentinella, rimane a vegliare Ulisse addormentato», nel manoscritto la scena proseguiva:

Un tenuissimo bagliore comincia a rischiarare il cielo. Di là dalle finestre si sente un lieve sciacquio di acque e, come nascendo da quello, un canto malinconicissimo si leva nell'immobilità del silenzio:

Canto mattutino dei tritoni

Verrà la pace su per i piangenti fiumi
e canterà la morte dell'Amore.
Arianna, sei tu?
Disciogli il sonno e rasciuga al sole
gli occhi lacrimosi e il lacrimoso core
Arianna, sei tu?

MINERVA. L'alba. Il sole torna un'altra volta a rischiarare la terra. Gl'innocenti tritoni si sono svegliati e cantano. Quanto alla malinconia che è nella loro voce, loro stessi non sapranno se deriva dai sogni fatti, oppure dal pensiero che un nuovo giorno incomincia? (*Guarda Ulisse addormentato*) E costui dorme. Domani si sveglierà nella sua terra, e i suoi occhi vedranno... Sciagurato! (*Guarda alla finestra, onde è penetrato il primo raggio di sole*) O sole! sole terribile e pietoso, tu che spargi il bene generosamente, ti prego, proteggi, seconda questo ingenuo navigatore! Mitiga la realtà! Fa' che non soffra! Serbalo alla vita e a un'illusione più grande!... (*S'interrompe, stupita*) Io? sono io che parlo così? Uomini, o razza fragile e maledetta, ecco quello che capita a mischiarsi nelle vostre torbide beghe... Che fregatura!

FINE DELL'ATTO SECONDO

Opere pubblicate in questa collana:

1. Hermann Hesse, *Il pellegrinaggio in Oriente* (14ª ediz.)
2. Marcel Granet, *La religione dei Cinesi* (3ª ediz.)
3. Robert Musil, *Sulle teorie di Mach* (3ª ediz.)
4. James Boswell, *Visita a Rousseau e a Voltaire* (2ª ediz.)
5. Freud-Groddeck, *Carteggio* (4ª ediz.)
6. Nyogen Senzaki - Paul Reps, *101 storie Zen* (17ª ediz.)
7. Gertrude Stein, *Picasso* (4ª ediz.)
8. Pierre Klossowski, *Le dame romane* (3ª ediz.)
9. Konrad Lorenz, *E l'uomo incontrò il cane* (19ª ediz.)
10. Rainer Maria Rilke, *Ewald Tragy* (3ª ediz.)
11. Friedrich Nietzsche, *Sull'utilità e il danno della storia per la vita* (7ª ediz.)
12. Angus Wilson e Philippe Jullian, *Per chi suona la cloche* (2ª ediz.)
13. Elias Canetti, *Potere e sopravvivenza* (4ª ediz.)
14. Konrad Lorenz, *Gli otto peccati capitali della nostra civiltà* (14ª ediz.)
15. Lorenzo Magalotti, *Relazione della China*
16. Miguel León-Portilla, *Il rovescio della Conquista* (3ª ediz.)
17. Knut Hamsun, *Fame* (2ª ediz.)
18. *La Bibbia del Belli* (2ª ediz.)
19. Georges Dumézil, *Gli dèi dei Germani* (4ª ediz.)
20. Joseph Roth, *La leggenda del santo bevitore* (20ª ediz.)
21. Friedrich Nietzsche, *Sull'avvenire delle nostre scuole* (3ª ediz.)
22. *Il Fisiologo* (2ª ediz.)
23. Samuel Butler, *Erewhon* (4ª ediz.)
24. Samuel Butler, *Ritorno in Erewhon* (3ª ediz.)
25. Eugen Herrigel, *Lo Zen e il tiro con l'arco* (14ª ediz.)
26. Frank Wedekind, *Mine-Haha* (3ª ediz.)
27. Alberto Savinio, *Maupassant e "l'Altro"* (2ª ediz.)
28. San Girolamo, *Vite di Paolo, Ilarione e Malco* (2ª ediz.)
29. Giorgio Colli, *La nascita della filosofia* (9ª ediz.)
30. Louis-Ferdinand Céline, *Il dottor Semmelweis* (4ª ediz.)
31. Ludwig Wittgenstein, *Note sul "Ramo d'oro" di Frazer* (3ª ediz.)
32. Hermann Hesse, *Siddharta* (35ª ediz.)
33. Reuben Fine, *La psicologia del giocatore di scacchi* (2ª ediz.)

34. Robert Walser, *La passeggiata* (8ª ediz.)
35. Edoardo Ruffini, *Il principio maggioritario* (2ª ediz.)
36-37. Friedrich Nietzsche, *Così parlò Zarathustra* (14ª ediz.)
38. André Gide, *La sequestrata di Poitiers* (2ª ediz.)
39. J.R. Wilcock - F. Fantasia, *Frau Teleprocu*
40. Hugo von Hofmannsthal, *L'uomo difficile* (4ª ediz.)
41. James Joyce, *Dedalus* (12ª ediz.)
42. Søren Kierkegaard, *Enten-Eller, I* (3ª ediz.)
43. Paul Verlaine, *Confessioni* (2ª ediz.)
44. Pavel Florenskij, *Le porte regali* (2ª ediz.)
45. Adam Mickiewicz, *I sonetti di Crimea*
46. Friedrich Nietzsche, *La mia vita* (5ª ediz.)
47. Friedrich Nietzsche, *Al di là del bene e del male* (10ª ediz.)
48. Friedrich Nietzsche, *La nascita della tragedia* (11ª ediz.)
49. Alberto Savinio, *Sorte dell'Europa*
50. Carlo Dossi, *Amori* (2ª ediz.)
51. René Guénon, *Il Re del Mondo* (5ª ediz.)
52. Arthur Schnitzler, *Doppio sogno* (11ª ediz.)
53. Søren Kierkegaard, *Enten-Eller, II*
54. Friedrich Nietzsche, *La gaia scienza* (5ª ediz.)
55. Friedrich Nietzsche, *L'anticristo* (9ª ediz.)
56. James Hillman, *Saggio su Pan* (5ª ediz.)
57. Alfred Jarry, *Ubu* (3ª ediz.)
58. Hermann Hesse, *La cura* (10ª ediz.)
59. Jacques Derrida, *Il fattore della verità*
60. Gerald Durrell, *Incontri con animali* (3ª ediz.)
61. Gershom Scholem, *Walter Benjamin e il suo angelo* (2ª ediz.)
62. Jonathan Swift, *Istruzioni alla servitù* (4ª ediz.)
63. Aleksandr Blok, *L'intelligencija e la rivoluzione*
64. Georg Büchner, *Teatro* (4ª ediz.)
65. Friedrich Nietzsche, *Aurora* (4ª ediz.)
66. Jaime de Angulo, *Indiani in tuta* (2ª ediz.)
67. Robert Walser, *I temi di Fritz Kocher*
68. Søren Kierkegaard, *Enten-Eller, III*
69. Franz Kafka, *Il processo* (7ª ediz.)
70. August Strindberg, *Teatro naturalistico, I* (2ª ediz.)
71. Max Jacob - Claude Valence, *Specchio d'astrologia* (2ª ediz.)
72. Heinrich Heine, *Gli dèi in esilio*

73-74. Katherine Mansfield, *Tutti i racconti, I* (5ª ediz.)
75. Guido Ceronetti, *Il silenzio del corpo* (4ª ediz.)
76. Carlo Dossi, *Goccie d'inchiostro*
77. *I detti di Rābi'a*
78. Giacomo Casanova, *Il duello* (2ª ediz.)
79. Vasilij Rozanov, *L'Apocalisse del nostro tempo*
80. Friedrich Nietzsche, *Scritti su Wagner* (2ª ediz.)
81. Platone, *Simposio* (9ª ediz.)
82. Friedrich Nietzsche, *Umano, troppo umano, I* (3ª ediz.)
83. Karen Blixen, *Ehrengard* (9ª ediz.)
84. Alberto Savinio, *Vita di Enrico Ibsen*
85. Walter Benjamin, *Uomini tedeschi*
86. *Diotima e Hölderlin*
87. Mario Brelich, *Il navigatore del diluvio*
88. Leonora Carrington, *Giù in fondo* (2ª ediz.)
89. Emanuele Severino, *Legge e caso* (2ª ediz.)
90. Hermann Hesse, *Una biblioteca della letteratura universale* (6ª ediz.)
91-92-93. Katherine Mansfield, *Tutti i racconti, II* (3ª ediz.)
94. Giorgio Colli, *Scritti su Nietzsche* (2ª ediz.)
95. Salvatore Satta, *De profundis*
96. Walter Pater, *Ritratti immaginari*
97. René Guénon, *La Grande Triade* (3ª ediz.)
98. August Strindberg, *Teatro da camera*
99. Gerald Durrell, *Luoghi sotto spirito* (2ª ediz.)
100. Gustave Flaubert, *Dizionario dei luoghi comuni* (5ª ediz.)
101. J. Rodolfo Wilcock, *Poesie*
102. Mumon, *La porta senza porta*
103. Jean Rhys, *Il grande mare dei sargassi* (2ª ediz.)
104. Guido Morselli, *Incontro col comunista*
105. Sergio Quinzio, *Dalla gola del leone*
106. Karl Valentin, *Tingeltangel*
107. Jean-Jacques Langendorf, *Elogio funebre del generale August-Wilhelm von Lignitz*
108-109. O. Henry, *Memorie di un cane giallo*
110. Rainer Maria Rilke, *Lettere a un giovane poeta* (3ª ediz.)
111. Carl Seelig, *Passeggiate con Robert Walser*
112. Charles Duff, *Manuale del boia*

113-114. Franz Kafka, *Il messaggio dell'imperatore,* (7ª ediz.)
115. Alberto Savinio, *La nostra anima* (2ª ediz.)
116. Jean Paul, *Giornale di bordo dell'aeronauta Giannozzo*
117. Fausto Melotti, *Linee*
118. Ibn'Aṭā' Allāh, *Sentenze e Colloquio mistico* (2ª ediz.)
119. Carlo Emilio Gadda, *Le bizze del capitano in congedo* (2ª ediz.)
120. Søren Kierkegaard, *Enten-Eller, IV*
121. Friedrich Nietzsche, *Umano, troppo umano, II* (3ª ediz.)
122. Arthur Schnitzler, *Fuga nelle tenebre* (6ª ediz.)
123. Joseph Roth, *Viaggio in Russia* (4ª ediz.)
124. Misia Sert, *Misia* (2ª ediz.)
125. Anonimo romano, *Cronica*
126. Emilio Cecchi, *I grandi romantici inglesi* (2 voll.)
127. Russell Hoban, *Il topo e suo figlio*
128. J. Rodolfo Wilcock, *L'abominevole donna delle nevi*
129. Paul Scheerbart, *Architettura di vetro*
130. Giacomo Leopardi, *Pensieri* (3ª ediz.)
131. Carlo Michelstaedter, *La persuasione e la rettorica* (3ª ediz.)
132. Hugo von Hofmannsthal, *La mela d'oro e altri racconti*
133. Plutarco, *Il demone di Socrate - I ritardi della punizione divina* (2ª ediz.)
134. Friedrich Nietzsche, *Ditirambi di Dioniso e Poesie postume*
135. Alexander Lernet-Holenia, *Il barone Bagge* (3ª ediz.)
136. Carlo Emilio Gadda, *Il tempo e le opere*
137. Gerald Durrell, *Storie del mio zoo* (2ª ediz.)
138. Jayadeva, *Gītagovinda*
139. August Strindberg, *Teatro naturalistico, II*
140. Samuel Johnson, *Riflessioni sugli ultimi fatti relativi alle Isole Falkland (1771)*
141. E.M. Cioran, *Storia e utopia* (2ª ediz.)
142. Jean-Jacques Langendorf, *Una sfida nel Kurdistan*
143. Gilberto Forti, *Il piccolo almanacco di Radetzky*
144. Elvio Fachinelli, *Claustrofilia*
145. Giorgio Colli, *Per una enciclopedia di autori classici*
146. Thomas de Quincey, *Gli ultimi giorni di Immanuel Kant* (2ª ediz.)
147. Charles Baudelaire, *Il mio cuore messo a nudo* (2ª ediz.)
148. Plutarco, *Dialoghi delfici*

149. Adalbert Stifter, *Abdia* (2ª ediz.)
150. Charles Alexander Eastman, *L'anima dell'indiano* (2ª ediz.)
151. György Lukács, *Diario (1910-1911)*
152. Arthur Schnitzler, *Gioco all'alba* (5ª ediz.)
153. Aleksandr Zinov'ev, *Appunti di un Guardiano Notturno*
154. Friedrich Nietzsche, *Crepuscolo degli idoli* (2ª ediz.)
155. Franziska zu Reventlow, *Il complesso del denaro*
156. Pier Candido Decembrio, *Vita di Filippo Maria Visconti*
157. Lope de Vega, *La Gattomachia* (2ª ediz.)
158. Simone Weil, *Riflessioni sulle cause della libertà e dell'oppressione sociale* (2ª ediz.)
159. Alexander Lernet-Holenia, *Il Signore di Parigi*
160. David Garnett, *Il ritorno del marinaio*
161. Alfred Jarry, *Gesta e opinioni del dottor Faustroll, patafisico*
162. Elio Aristide, *Discorsi sacri*
163. Maria Maddalena de' Pazzi, *Le parole dell'estasi*
164. Colette, *Chéri*
165. Mario Bortolotto, *Introduzione al Lied romantico*
166. Adalbert Stifter, *Cristallo di rocca* (2ª ediz.)
167. Friedrich Nietzsche, *Genealogia della morale* (3ª ediz.)
168. Georges Dumézil, *Matrimoni indoeuropei*
169. *Lettere di Mademoiselle Aïssé a Madame C...*
170. Saul Israel, *La leggenda del figlio del Re Horkham*
171. Albert Caraco, *Post mortem*
172. Gilberto Forti, *A Sarajevo il 28 giugno*
173. Emilio Cecchi, *Messico*
174. Joseph Roth, *Ebrei erranti* (4ª ediz.)
175. Meister Eckhart, *Sermoni tedeschi* (2ª ediz.)
176. Elena Croce, *Due città*
177. Karen Blixen, *Ombre sull'erba* (4ª ediz.)
178. Georges Simenon, *Lettera a mia madre*
179. Plutarco, *Iside e Osiride* (2ª ediz.)
180. Giorgio de Santillana, *Fato antico e Fato moderno* (2ª ediz.)
181. Colette, *La fine di Chéri*
182. Edme Boursault, *Lettere di Babet*
183. Henri Maspero, *Il Soffio Vivo*
184. Friedrich Nietzsche, *Schopenhauer come educatore*
185. Ernst Jünger, *Il problema di Aladino*
186. E.M. Cioran, *Il funesto demiurgo* (2ª ediz.)

187. Alberto Savinio, *La casa ispirata*
188. Plutarco, *Sull'amore* (2ª ediz.)
189. Arthur Schnitzler, *Beate e suo figlio* (4ª ediz.)
190. Gottfried Benn, *Cervelli*
191. Colette, *La nascita del giorno*
192. Karen Blixen, *Il matrimonio moderno* (2ª ediz.)
193. *Sir Gawain e il Cavaliere Verde* (2ª ediz.)
194. *L'epopea di Gilgameš* (3ª ediz.)
195. Louis Dumont, *La civiltà indiana e noi*
196. Joseph Roth, *Le città bianche* (2ª ediz.)
197. Giuseppe Rensi, *Lettere spirituali*
198. Fabrizio Dentice, *Egnocus e gli Efferati* (2ª ediz.)
199. John McPhee, *Il formidabile esercito svizzero* (2ª ediz.)
200. Simone Weil, *Venezia salva*
201. Elsa Morante, *Pro o contro la bomba atomica*
202. M. Granet - M. Mauss, *Il linguaggio dei sentimenti*
203. Guido Ceronetti, *Pensieri del Tè* (3ª ediz.)
204. Carlo Michelstaedter, *Poesie* (2ª ediz.)
205. Carl Schmitt, *Ex Captivitate Salus*
206. Celso, *Il discorso vero*
207. Thomas Bernhard, *L'imitatore di voci* (2ª ediz.)
208. Alberto Savinio, *Capri* (3ª ediz.)
209. Arthur Schnitzler, *La signorina Else* (2ª ediz.)
210. Milan Kundera, *L'arte del romanzo*
211. Eugenio Montale, *Mottetti*
212. Iosif Brodskij, *Dall'esilio*
213. Gerald Durrell, *La terra che sussurra* (2ª ediz.)
214. Henry James, *L'altare dei morti*
215. Osip Mandel'štam, *Viaggio in Armenia*
216. Friedrich Dürrenmatt, *La morte della Pizia* (2ª ediz.)
217. Guido Ceronetti, *L'occhiale malinconico*
218. Fernando Pessoa, *Lettere alla fidanzata*
219. Alexander Lernet-Holenia, *Il giovane Moncada* (2ª ediz.)
220. Giovanni Macchia, *I moralisti classici* (2ª ediz.)
221. Hippolyte Taine, *Étienne Mayran*
222. Carlo Michelstaedter, *Il dialogo della salute*
223. E.M. Cioran, *Esercizi di ammirazione*
224. Joseph Roth, *La ribellione* (2ª ediz.)
225. Benedetto Croce, *Contributo alla critica di me stesso*
226. Giovanni Macchia, *Tra Don Giovanni e Don Rodrigo*

Stampato nell'aprile 1989
dalla Techno Media Reference s.r.l. - Milano

Piccola Biblioteca Adelphi
Periodico mensile: N. 227/1989
Registr. Trib. di Milano N. 180 per l'anno 1973
Direttore reponsabile: Roberto Calasso